ハヤカワ文庫 SF
〈SF2084〉

宇宙英雄ローダン・シリーズ〈527〉

メンタル嵐

ペーター・グリーゼ&H・G・エーヴェルス
小津 薫訳

早川書房
7822

PERRY RHODAN
METAMORPHOSE DER GLÄSERNEN
DER MENTALE STURM

by

Peter Griese
H. G. Ewers

Translated by
Kaoru Ozu
First published 2016 in Japan by
HAYAKAWA PUBLISHING, INC.
This book is published in Japan by
arrangement with
PABEL-MOEWIG VERLAG GMBH
through JAPAN UNI AGENCY, INC., TOKYO.

目次

メンタル嵐

ガラス人間の変身

ペーター・グリーゼ

登場人物

アトラン……………………………………アルコン人
タンワルツェン…………………………ソラナー。《ソル》船長
カロ・ファルダステン…………………同。タンワルツェンの部下
ライター・ハスキー……………………同。賢人のもと従者
メソナ・ハスキー………………………同。ライターの妻
フォスター・セント・フェリックス……バーロ人のリーダー
ドク・ミング……………………………ベッチデ人の治療者
ジェルグ・ブレイスコル
フランチェッテ……………………ベッチデ人のもと狩人

1

ライター・ハスキーが怠惰だというのは、むしろひかえめな表現に聞こえる。ライターはかつての賢人の従者だが、あたえられた任務を回避することをライフワークにしているかに見えた。そのさい、いいのがれの内容にはことかかなかった。なんらかの任務や依頼に対して抗議するときの、かれの自信と説得力には、多くの者が沈黙するか、気まずそうなしぐさをするのがおちだった。

面と向かって怠惰の化身だとか卑怯者だとかいわれても、ライター・ハスキーは微笑を浮かべるだけで、たいていは妻のメソナに対応をまかせた。というのも、メソナは美辞麗句を用いて夫の熱意と就労意欲を述べたて、どんな疑念をも晴らすことができたからだ。

ライターとメソナは鍋と蓋のような似あいの夫婦で、自己弁護することに関しては、たがいに協力しあっていた。

それだけに、かつての賢人の従者にとって、四〇一二年三月九日のこの朝、SZ＝1の第十二居住デッキを暫定的に管理している男から、まったく意に染まない指令をうけたのは、驚きだった。この管理人はタンワルツェン配下の幹部乗員のひとりで、ライターは名前も知らないのだが、いいのがれを認めなかった。メソナはこの場にいない。たぶん、食糧品を調達しにいったのだろう。こっそりストックをためこむ者たちのなかでも、単独行動をしているからだ。それゆえ、ライターは自力で立ち向かわなければならなかった。

「いいですか、管理人」かれはいきりたっていた。「わたしは、かつて賢人の従者でした。《ソル》に乗船してから、まだ日が浅く、まず、宇宙での生活に慣れる必要があります。その任務にはまったく不向きです。わたしが同行しても、バーロ人が危険にさらされるだけでしょう。ですから、ほかの人を探してください」

ソラナーは眉ひとつ動かさなかった。

「一時間後に、エアロックB＝十二にくるように。そこで宇宙服が支給される。わたしが同行者チームの指揮をとる。きみが決められた時間にエアロックにあらわれないときは、宇宙服なしで外に出るように手配するまでだ」

「そんなむちゃな、管理人」ライター・ハスキーは不満を述べた。「わたしは宇宙空間に出たことは、生涯まだ一度もありません。生まれたばかりの赤子同然で、危険な事故をひきおこすのがおちでしょう。あなたに責任は負えませんよ、管理人」

「管理人と呼ぶな」相手はうなるようにいった。「わたしの名はカロだ。よくおぼえておくがいい。いつもきみをぬかりなく見張っているのだから。ちなみに、クランで生まれたにしても、ソラナーであることをよく考えろ。ソラナーの故郷は宇宙だ。きみもあっという間に、船内での生活と、ときどきの外出に慣れるはずだ」

カロ・ファルダステンは意気消沈したライターをのこしたまま、踵を返した。

「胸がむかむかしてきました」ライターはうしろから呼びかけた。「バーロ人と外に出ると思っただけで、宇宙酔いしそうです」

通廊の次の曲がり角で、カロはタンワルツェンに出会った。ハイ・シデリトは、カロを興味深げに見つめ、

「まぎれもない行動障害か？」と、手みじかに訊いた。

カロはかぶりを振った。

「《ソル》にはじめて乗った、惑星生まれの賢人の従者には、もちろん順応期間が必要です。ときに行動障害や逸脱行為があることは考慮にいれておくべきでしょう。ですが、あの男は」カロはおや指でうしろをさししめした。「怠惰で無精なだけです。キルクールへの飛行のさいも、いい印象をもちませんでした。わたしはライターを《ソル》での

生活に慣れさせるために、意図的に同行者チームに配属したのです。外に出たら、注意深く監視するつもりです」

「了解した」タンワルツェンは満足げだった。「では、ガラス人間が外に出る準備は万事ととのったとアトランに報告しよう。この強引なやり方に、かれらがどんな反応をしめすか、興味津々だ」

＊

ライター・ハスキーはキャビンのテーブルをこぶしでたたいた。この展開が気にいらない。船の上層部がかかえているガラス人間の問題と、自分になんの関係があろうか？

だが、いわゆる宇宙生まれの態度は深く理解していた。バーロ人はほかのことにいっさい関わりをもたず、ひたすら閉じた領域で時をすごしている。ライターはバーロ人をうらやみ、かれらのような生活を送ることができたらいいのにとさえ思っていた。

かつて賢人の従者だったときも、あらゆる任務から遠ざかることに、みごと成功した。自分でも感服するような非凡な策略を用いて、この問題を解決してきた。もっとも、本当はメソナのアイデアが一枚嚙んでいたことは認めるが。

クランでは数年間、物資供給所に勤務したのち、自発的に次の任務をひきうけた。周辺地区で空調装置を整備する仕事だ。実際には、すでにべつの人間がそこで働いていたことを、供給所の上司は知らなかった。ライターはほかに任務があると見せかけて、定期的に仕事を休んだ。

《ソル》でのこれからの生活も、これと似た方針でやっていく可能性を見つけなければならない。

両手で頬杖をついて考えはじめたが、いい案は浮かばなかった。目前に迫った宇宙遊泳へのショックがまだ全身にのこっていたからだ。いまにももどってくるはずのメソナと、相談しなければならなかった。

〝スプーディの燃えながら〟での一件のあとでアトランが連れてきた、不思議な美しい女のことを、また思いだしていた。ゲシールという名前は外見と同じく神秘的だ。

ゲシールのような女のためなら、怠惰も克服できるかもしれない。でも、残念ながら、そうはなりそうもなかった。アトランはその未知の女をだれも知らない場所に滞在させているからだ。しかし、ライターの心から燃えさかる黒い炎が消えさることはなかった。

その瞬間、ドアが開いてメソナがキャビンにはいってきたので、ライターはぎくりとした。一瞬、自分の考えが妻に見ぬかれたのではないかと思った。

「ナーバスになっているの？」メソナはいった。

「いいや」ライターは立ちあがり、ばつが悪そうに太股(ふともも)をなでた。「ひどく厄介なことがあってね」

メソナは無造作にいった。「避けて通るか、それでもだめなら、とりのぞけばいいのよ」

「この場合はなにをやってもむだだ」ライターは不平をこぼした。「ここを管理しているソラナーに出くわした。手ごわい男だ。バーロ人を宇宙遊泳に連れていくという指令をわたしに割りあてた。あれこれいいのがれしたけど、まったくとりあわなかった」

「カロ・ファルダステンね」メソナは推測した。「畏怖の念をあたえる男だわ」

「知っているのか？」ライターは眉を吊りあげた。

「ここにいるだれもが知っているわ」メソナは冷静だった。「なんといっても、かれはタンワルツェンやアトランから、わたしたちのデッキの監視をまかされているのだから。一度でもキャビンの外に出ようとしたら、きっと気づかれてしまうわ」

「キャビンの外に出ようとするって？」ライターは驚いて妻を見つめた。その声にはかすかな非難がこめられていた。「でも、それは、することがあるからだ」

「まったくなんの任務もなしに《ソル》で生きていくことはできないわ」

「わたしの考えは違う」ライターは抗弁した。「われわれが身をかくすには、クランよりもここのほうが好都合だ。第一に、賢人の従者たちが乗りこんだことで、大きい混乱がまだつづいている。《ソル》はじつに巨大な船だ。わたしの計算では、人が歩きまわれる総面積は、およそ二百平方キロメートルある」

「計算したの?」メソナはあっけにとられた。

「まあね」かつての賢人の従者は小声で認めた。「だが、そんなことはどうでもいい。考えてもごらん。二百平方キロメートルものところに一万人がいるんだ。何カ月ものあいだ気づかれずにすごせるようなかくれ場が、ごまんとあるにちがいない。《ソル》は夜の町さながら人けがない。だれかに出くわすのは……平均的に見て……偶然だ」

「実際には役だたない理論ね」メソナは手を振って否定の意志をしめした。「結局は、カロ・ファルダステンに出会ったじゃないの。重要なのはそれだけよ」

「出会ったんじゃないよ」ライターはつっけんどんに抗弁した。メソナが話を本質的な問題に向けたからだ。「かれはわたしの居場所を知っているから見つけられたんだ。そこが問題だ。もし、わたしがかくれ場にいたとしたら、あのがに股のソラナーには、ぜったいに嗅ぎつけられなかっただろう」

「なるほど」妻はほほえんだ。「目前に迫った出動から逃れるために、身をかくしたいのね」

「そうだ」ライターは自信なげに妻を見つめた。「それとも、ほかにもっといいアイデアがあるか? わたしはここの生活環境ではやっていけない。暦が違うことだけでも、混乱している。隣りの大男がいっていたが、これはテラ暦で、以前《ソル》でも使っていたそうだ。いったい、テラ暦がわたしとどんな関わりがあるのかね?」

「わたしたちは、まもなく銀河系へのコースをとるわ。船がスタートしたときに聞いたのよ。その理由だけでも、アトランがテラ暦にあわせたのは正しいことじゃないかしら」

「アトラン？　いったい、本当に指揮権を握っているのはだれなんだ？　いままでは、あのタンワルツェンが……シデリターだと思っていたが」

「ハイ・シデリトね」メソナは訂正した。「そのとおりよ。船内の力関係はまだはっきりしていないと思うけど。でも、以前、賢人の従者としてアトランのもとで生活していたわたしたちにとっては、アトランがボスであることはまちがいないわ」

「それなら、タンワルツェンとその部下の指示にしたがう必要はまったくないじゃないか？」ライター・ハスキーは、バーロ人に同行する任務をまぬがれるあらたなチャンスがあるのを嗅ぎつけた。

「たぶん、そうはいかないわ。バーロ人を一定時間、外に連れだすというのは、つまるところ、アトランの考えなんだから」

「なんでも知っているんだな」かれは驚いた。「なぜアトランはガラス人間にかまうのだろう？　かれらはなにもしないのに」

「問題はそんなことじゃないわ、ばかね」メソナは口汚くいった。「あなたはわかっていないのよ。自分が気楽にすごすことにしか関心がないから。バーロ人は宇宙空間に出ないと死んでしまうのよ」

「死ぬだって？」ライター・ハスキーは白目をむきだした。「なんと恐ろしい。どうしてだれもそのことを話してくれなかったんだ？」

＊

実際、宇宙船内の状況はさまざまな要因によって決定され、まとまった全体像は明らかではなかった。ごく最近、アトランが船と乗員たちのために計画した改革と、目前に迫った課題が、《ソル》の雰囲気を決めていた。

それにくわえて、バーロ人の問題があった。アルコン人はここ数日、この宇宙生まれに奇妙な変化が起きているのを見てとった。《ソル》内外での出来ごとへの関心が驚くほど低下している。ほとんどのバーロ人は何日も前から、ただ、しゃがみこんで、ぼんやりと無感動に前方を見つめていた。元気づけようとして言葉をかけても、まるで効果がなかった。

バーロ人たちは規則正しく食事をとるよう説得されたので、おもてむきは生命の危険はないように見えた。だが、本当の問題はほかにあることを、アトランはいちはやく見ぬいていた。

バーロ人は定期的に宇宙空間に出るか、連れだされるかしないかぎり、早晩、死んでしまう。

この明白な問題を前に、アトランはタンワルツェンの同意を得て、当面は、それ以外のさまざまな課題をあとまわしにさえしていた。

スプーディを積みこんでいる《ソル》にとって重要なのは、銀河系の位置を見いだし、地球に向けてコースをとることだった。アトランは、三隻組みから二隻組みになった船……《ソルセル＝2》はすでに二百年も前に失われていた……が、かならずや人類への贈り物をもって帰還できるよう、願っていた。スプーディの効果をかれ以上に知る者はいない。なんといっても、ほぼ二百年間、心身ともにスプーディの緊密な共生体となり、クランドホルの賢人として生きていたからだ。最後に採取したスプーディは、人類のなかから選ばれた者がさらに能力を高め、精神の働きを敏活にするための、刺激剤となるべきものだった。

この計画とバーロ人問題とのつながりを考えたとき、ある疑念が心に浮かびあがり、アトランは愕然とした。

最後のスプーディ採取によって、バーロ人の任務は完了した。この宇宙生まれは、数百年のあいだ、スプーディを採取する目的だけに従事してきた。かれらにしかこの仕事はできなかった。その任務が決定的に終了したのだ。

バーロ人の人生の意味は、いまや完全に無に直面していた。このことが、ガラス人間に影響をあたえないわけはないと、アトランは思った。かれらの人生に、もはや満たすべき目的はない。あの無気力な状態は、なにはさておき、それが原因だろう。

バーロ人が、ふたたび気力をとりもどすには、切りぬけるための期間が必要だ。そのときまで全力でガラス人間を助けなければならない。ここに、かれらの無気力から生じた本当の問題があった。

三五八六年、つまり四百二十五年前のクリスマスの日、自然の突然変異によって、肥厚したガラス様の皮膚をもつ最初の赤ん坊が《ソル》船内に生まれた。〝宇宙ベビー〟と名づけられたコラン・バーロは、この特殊な皮膚によって、技術的な補助手段の助けを借りずに、何時間も真空の宇宙空間にとどまることができた。コランはこの不思議な人類の傍系に自分の名をあたえ、その後、かれらはバーロ人、ガラス人間、あるいは宇宙生まれと呼ばれるようになった。だが、宇宙生まれという呼び方は、実際には誤解を招きやすい。より正確には〝宇宙のために生まれた者〟と呼ばれるべきだった。現実に宇宙空間〝内〟で生まれたバーロ人はひとりもいないからだ。

コラン・バーロにつづいて、同様の突然変異体が生まれた。ガラス人間はすでに二世代にわたって、《ソル》内ではあたりまえの人類として通用している。アトランがこのダンベル船に帰ってきた三七九一年までに、バーロ人の数は四千六百五十一人にまで増え、くわえて、いわゆる〝半バーロ人〟も二千百五十人いた。これは、皮膚が部分的にガラス様になっている人間だ。

その後、宇宙生まれの数は減少しはじめた。アトランがクランドホルの賢人としてクラン人の歴史を導き、コスモクラートの指示をうけて強大な緩衝地帯の創設に従事していた二百年のあいだ、《ソル》はスプーディ船として航行していた。このとき、人類の乗員は二百人ほど、スプーディ採取に必要なバーロ人は数百人いた。《ソル》がクランに到着し、アトランが賢人の役目をベッチデ人のサーフォ・マラガンと公爵グーにひきついだ数日前には、生存するバーロ人の数はわずか三百十八人にまで減っていた。

アトランにとって問題なのは、これら人類の傍系の生存者のことだった。すべての徴候から、バーロ人がみずからの生をあきらめようとしていることがわかったのだ。バーロ人の特殊性は、その皮膚にあった。これは保護外被であると同時に、酸素タンクとしての機能もそなえていた。厚み二センチメートルの皮膚が全身をくまなくおおっているが、生まれつきある肉体の開口部および感覚器官がふさがれるのは、真空内にいるときのみ。この皮膚は、見たところガラス様だが、完全に透明なわけではない。バーロ人の居場所の状態に応じて、わずかながら変化する。多くの場合、皮膚は赤みをおびた微光をはなっているが、それは、カロテンの含有量が多いからである。長時間の宇宙遊泳に必要な酸素の貯蔵能力を皮膚にあたえるには、カロテンが不可欠だった。

バーロ人の皮膚は、酸素を貯蔵するほか、蓄えた糖分をつねに消費している。真空内にとどまるさい、生体燃焼作用によって外被を〝温めなおす〟ためだ。この両方の要因から、バーロ人は宇宙空間に長時間いられる。皮膚に蓄えた酸素または糖分が使いつくされるまでのあいだ、真空内にとどまれた。この時点を過ぎると、いやおうなく、窒息死または凍死する。

バーロ人が可能な滞在時間は実際には最小で五時間、最大で二十四時間とされている。バーロ皮膚は外被というよりひとつの器官であり、肺や心臓の機能に匹敵するのだ。だが、これはバーロ人の生態の一面でしかなかった。空気のある宇宙船内にずっととどまることもまた、危険になりかねない。

バーロ人の皮膚の角質層は九歳ごろまで、ゆっくりと育ちつづける。この時点からあとは、バーロ人の子供たちは、自発的にというより、強制的に外に出なければならない。船内に長くとどまりつづけると、皮膚がますます厚みを増していく。その厚みと硬さを宇宙遊泳によって消費しないと、最終的には装甲におおわれたようになり、身動きできなくなる。その結果、食事にはじまって、生存に必要なもっとも自然なことすら知覚できなくなり、必然的に死んでしまうのだ。

真空に出る必要がある……それはまぎれもなく宇宙空間の真空でなければならない！

……と感じるのは、個々のバーロ人によって異なる。宇宙生まれが外に出たいと要求するときは、本能的に正しいのが通例だ。

アトランをここ何日も絶望的にさせているのは、まさに、この点だった。無気力になったガラス人間三百十八人のうち、だれひとりとして、この生まれながらの義務を果たそうと思っていなかった。角質皮膚がしだいに厚みを増していっても、その牢獄のなかで死んでしまうことさえ、意に介していないようだ。

アトランにとって、このような大量死をなにがなんでも阻止するのは当然だった。ソラナーを源とする人類の傍系に、生きることをあきらめさせてはならなかった。

すでに皮膚の装甲化が進み、多くのバーロ人が独力ではもはや動くことができないのを知り、アトランは決然として介入に踏みきったのだった。

航行をはじめたばかりの《ソル》を相対的に静止させ、バーロ人をすくなくとも五時間、宇宙に連れだす手はずを、タンワルツェンにととのえさせた。

これによって、ガラス人間の生きのこりをかけた戦いの第一歩が踏みだされた。

2

メソナ・ハスキーは、ライターがカロ・ファルダステンから指定された時刻の一分前に、エアロックに到着した。

自信に満ちた態度でカロのほうへ進んでいく。管理人はすでに宇宙服を着用し、ヘルメットだけはまだ床に置いていた。

近くには、まどろむバーロ人であふれた多くのグライダーと反重力プレートがとまっていたが、メソナはそれを無視した。

「ハロー、カロ」と、愛想よく言葉を発した。「夫の指示できました。ライターは事故で片脚を骨折し、十分前に医療ステーションに運ばれたので、予定されていた宇宙遊泳には参加できません」

カロ・ファルダステンは眉ひとつ動かさなかった。

「問題ない」おちつきはらっていうと、近くに立っている、まだ通常のコンビネーションを着た男ふたりに合図した。

そばにやってきたひとりに、カロはパラライザーを手わたして、

「プラン・アルファだ」と、いった。

男は軽くうなずいただけで、もうひとりとともに船内に姿を消した。

「ライターが欠席するなら、補欠が必要だ。メソナ、きみがここにきたのなら、かれの任務をひきうけてくれ。これ以上、時間を失うわけにはいかない。バーロ人たちの命がかかっているのだ。向こうで、きみにあう宇宙服がうけとれる。どんなサイズでも手にはいる」

メソナ・ハスキーは愕然とし、口を開けて立ちつくした。

「まさか、本気じゃないでしょうね」うめき声をあげた。「第一に、宇宙服のこともよく知らないのに、できるわけがありません。第二に、わたしはとても不器用です。第三に、負傷した夫のそばにもどらなければならないし、そのあとは、第十九デッキでのかたづけ仕事があります」

ファルダステンは一歩、彼女に近づき、威嚇するようにいった。

「ライターときみを袋に押しこんで、棒でかっとばせば、まちがいなく的にあたるだろう。すぐに宇宙服をうけとるんだ。さもないと、防護なしで外に連れだすことになるぞ。二分したらエアロックが開く。きみはバーロ人たちと生きのこりをかけて競うのだ」

タンワルツェン配下の幹部乗員で、すでに宇宙服を着用した中年女が、メソナに近づ

き、もう一着を彼女の腕にかけた。

「ぴったりよ。さっさと着なさい」女は横柄な口調でいったあと、メソナの頭にヘルメットをかぶせた。

メソナが怒りをおさえながら、宇宙服を身につけていると、カロに送りだされた男ふたりがライター・ハスキーをひきずってきた。ライターは自力で歩くというより、ひきずられるにまかせ、顔を真っ赤にしながら、早口で悪態をまくしたてていた。

だが、どうあがいても、いつもの卑怯な手は通じなかった。かれは宇宙服を着せられ、バーロ人三人の見守りを命じられた。

「カロ」メソナは最後にもう一度、試みた。「ライターが行くことになったのなら、すくなくとも、わたしを放免してもいいじゃないですか」

ソラナーは意味深長な笑みを浮かべた。

「きみは自分でも、宇宙滞在に不向きだと認めた。つまり、わたしにとっては半人前だということ。きみの伴侶も同じく、でくのぼうだ。だから、ふたりで一人前となる。必要な同行者の数もそれでぴったりだ」カロは声をはりあげた。「仕事にかかれ！　バーロ人のために、すこしはつくすのだな」

「粗暴で非人間的な口のきき方だ」ライターは甲高い声で不平をいった。「アトランとワルツェンタンに訴えるぞ」

「タンワルツェンだ」カロは訂正し、ヘルメットの留め金をとめた。

カロの合図でシグナルが鳴った。人々の背後で、船内への出入口が遮断されたあと、格納庫から空気がぬかれた。

SZ＝1の巨大なエアロック・ハッチが開き、漆黒の宇宙を背景にはるかな星々が見えたとき、ようやくライターとメソナは黙りこんだ。ソラナーとしての本来のメンタリティがいくぶん生じたのだ。惑星生まれのふたりは宇宙空間に魅了された。

「行くわよ」メソナはヘルメット・テレカムごしにライターにいった。

浮遊プラットフォームに向かう。そこにはバーロ人六人が一列になってすわり、床を見つめていた。小型の乗り物が作動する前に、メソナはバーロ人のひとりに指先で軽く触れた。ガラス人間は触れられても、なんの反応も見せなかった。

ライターはプラットフォームの最後部に跳びうつった。怠惰なため、自分から数歩すすんで宇宙空間に出ていくことすらしないのだ。

クランでのことを思いだしていた。数年前に一度、無重力の場所に長時間とどまるための教育をうけたことがある。当時は、そんな指導など不必要だと思ったが、いまは考えが変わり、あのとき、授業を何時間もさぼったことを悔やんでいた。

宇宙服のあつかい方はごくかんたんで、なんの問題もなかった。すべての生命維持システムは自動的に調節されるからだ。ただ、動きを制御する小型噴射ノズルの操作だけは、自分でやらなければならなかった。

「前進しろ、なまけ者」ヘルメット・テレカムからカロの声が聞こえてきた。姿は見えないが、そこにいることは感じられる。力強い手が肩のグリップをつかんでひっぱりあげ、なにかが臀部（でんぶ）にあたった。カロの足以外には考えられなかった。

ライター・ハスキーは見上げるような高さのエアロック・ハッチの外へ、もんどりうって跳びでていった。操縦エレメントに手をのばし、自分の位置を固定させる。

足で蹴られたそのとき、《ソル》からすでに二百メートル以上も押しだされていた。あわてふためき、方向をよく確認しようと試みた。SZ＝1が、多数の光点をもつ巨大な球のように、目の前にあった。前でなく、下か横だろうか？

ライターを驚かせたのは外被の色だった。濃い青から黒にかけての色で、それはここ宇宙にあって、クランで恒星クランドホルの光のもとで見るのとは、まったく異なる輝きを見せていた。

《ソル》中央本体は見えなかった。というのも、かれらは下極部からSZ＝1をはなれたので、球体がシリンダーをすっかりかくしていたからだ。

カロ・ファルダステンはライターと《ソル》のあいだで、同行者チームに指示をあたえはじめた。バーロ人は乗り物から連れだされ、雑然と分けられて宇宙空間に〝吊りさげられ〟ていた。

同行者の男女は、ガラス人間を整列させるのに大忙しだ。近くのエアロックから、ファルダステンの助手が、弱い牽引ビームを使って作業していた。同行者チームはバーロ人をほぼ三十人ずつの十グループに分けなければならない。予定された真空内での滞留時間のあいだ、乗り物は牽引ビームでSZ＝1にひきよせられた。

この作業が終わったとたん、ライターはビームに捕らえられた。最初は自分の動きに気づかなかった。SZ＝1の球体がますます接近してきたとき、はじめて加速していることを知った。牽引ビームがからだのすみずみまで、同じ強さで捕らえていたので、すぐには感じなかったのだ。

加速はいっそう強まり、牽引ビームのスイッチが切られたあとでもまだ、ライターは動きつづけていた。《ソル》本来の重力はほとんど測定不能で、影響をおよぼさない。ライターはいったん決まった速度とそれに付随した方向を維持したままだった。

カロの助手たちが整列させたガラス人間の集団へと、まっすぐに突進していく。

「制動をかけろ、ばか者！」カロの声がヘルメット・テレカムから聞こえてきた。だれに向かっていっているのだろうと、ライターはいぶかしく思った。

「あなたに話しかけているのよ、ライター」聞き慣れたメソナの声が響いてきた。「制動をかけて」

「なんだって？」かつての賢人の従者はそういうと、膝をひきつけた。

そのため、からだが軽く回転しはじめた。バーロ人の群れが視界をかすめた。

「わたしが助けにいく！」ファルダステンがどなった。むしろ、威嚇のように聞こえた。

ライター・ハスキーの右のわき腹が、ガラス人間ふたりにあたった。そのひとりが目の前を飛んでいき、べつのガラス人間にはげしくぶつかった。

一種の連鎖反応によって、数秒のあいだに、きちんと整列していたバーロ人は思い思いの方向に押し流されていった。群れはSZ＝1に向かって進んでいく。ライターから生じた運動が、その方向をしめしていたからだ。

「うすのろめ！」カロの声がライターのヘルメットのなかで轟（とどろ）いた。

そのあと、カロはそばにきて、ライターの宇宙服をつかんだ。カロはライターを回転させ、その顔を直視した。

「自分がなにをひきおこしたか、わかってるのか？」

「わたしのせいじゃありません」ライターはいいはった。「自分の意志に反して、なにかがわたしを加速させたのです」

「きみに自分の意志があるだって？」カロはどなった。「そんなものは、たちの悪い嘘にきまっている。さ、急いでバーロ人を回収しろ」

ファルダステンは念のため、ほかの同行者三人にも、その任務をあたえた。

男たちは、四方八方に漂っているバーロ人をもとの位置にもどそうとつとめた。だが、ひとりのガラス人間だけは手遅れとなった。

その男は、SZ＝1の表面に正対して速度をあげていった。ライターがひきおこした混乱のせいで、数秒間、同行者たちの注意はわきにそらされていた。また、《ソル》の照明があってもなお、光のあたらない領域が数ヵ所あったため、年配の宇宙生まれが危険におちいったことに気づくのが、遅すぎたのだ。

男は猛烈な勢いでSZ＝1の外被にぶつかった。無気力な状態にあったため、衝突を避けようともしない。はじきかえされ、投光照明のなかで旋回した。

カロ・ファルダステンはこの予測せぬ事態を知るや、すぐ男のほうに急いだ。たまたま近くにいたメソナ・ハスキーが、ガラス人間の旋回をとめた。

ファルダステンがそばにきて、

「くそ」と、ののしった。「よりによって、フォスター・セント・フェリックスだとは。厄介なことになった」

ファルダステンは宇宙生まれを調べ、腰のガラス皮膚に大きい裂け目ができているのを確認した。衝突によって、保護外被がすっかり裂けている。長時間、真空から遠ざかっていたために、ふだんは弾力性のある被膜がもろくなっていたのだ。ごく薄いガラス様細い裂け目から、内側の皮膚がゆっくりと外に押しだされてきた。

の層が表面に形成されていたが、身体内部の圧力が真空に耐えられるかどうか、わからない。

船内バーロ人グループの代表というべきフォスター・セント・フェリックスは、身じろぎもしなかった。傷が原因でそうなったのか、バーロ人全体を襲う無気力のせいなのか、たしかめるすべはない。そもそも、かれが生きているのかどうかさえ、ファルダステンにはわからなかった。

「船内に運んでいかなくてはならない」と、メソナにいった。

宇宙服からスプレー缶をひっぱりだし、バーロ人の皮膚の裂け目に向かって吹きつける。すぐさま圧縮された泡が傷をおおった。

「わたしがやります」メソナは申しでた。「それより、これ以上のことが起きないように、外の秩序をととのえてください」

承諾したカロは《ソル》に急報し、この出来ごとを伝えた。メソナはまだ開いているエアロックのそばで、医療チームの到着を待つことになった。

彼女はバーロ人をひっぱり、自分のエンジン装置を使ってエアロックをめざした。

バーロ人の災難にそなえて特別に訓練された医師ひとりと医療ロボット二体が、すでに到着していた。メソナはライターとの関係から、この事故になんとなく共同責任を感じていたので、検査の結果を待つことにした。

カロ・ファルダステンが傷口に吹きかけた応急の防護層がとりのぞかれると、バーロ人の皮膚はすでに、ふさがりはじめていた。

「危険はない」医師は説明した。「一時間後には、また外に連れだせるだろう。かれには真空の環境が不可欠だ」

この知らせにメソナはよろこんだ。彼女も、多くの任務をともなう人生より、気楽な人生のほうを好んではいたが、他人を犠牲にすることだけはできなかった。

「一時間したら、セント・フェリックスを連れにきます」

メソナはそう約束し、ふたたびエアロックから外に出ていった。

同行者チームにともなわれたバーロ人グループ十組がはっきりと見えた。宇宙服から、カロ・ファルダステンがいるのもわかった。メソナはかれのほうに向かっていった。

「老バーロ人のことは、すでに聞いた」かれはテレカムで伝えてきた。「きみの夫は、またしても運がよかったな」

メソナは周囲を見まわした。ライターの姿はどこにも見あたらなかった。

「夫はどこですか?」彼女はたずねた。

ファルダステンは咳ばらいし、

「消えた」と、いいにくそうに打ち明けた。

「どういうことですか、消えたって?」メソナ・ハスキーはいきりたった。

「どこにいるのか、わたしは知らない。気づかれないように、そっといなくなったにちがいない」

「それとも宇宙で失踪したか」ほかの男が皮肉っぽくつけくわえた。

「冗談でしょう」と、メソナ。

カロ・ファルダステンがゆっくりと向かってきた。ヘルメットの奥に顔が見えた。

「冗談ではないのだ、メソナ。ライターは本当にいなくなった。どうやら、混乱のさなかに消えたらしい。《ソル》船内にもどった形跡はない。もしそうなら、エアロックにいる者たちが気づいたはずだ。スペース＝ジェット二機に捜索を要請して、この周辺を探させる」

ソラナーはある方向をさししめした。一搭載艇のポジションライトが見える。

この瞬間、もう一方の機はSZ＝1の反対側にいた。

メソナとファルダステンは半時間、待った。そこへ、ライター・ハスキーの痕跡はどこにも見あたらないとの報告がはいった。

「宇宙空間にはいないのでしょう」スペース＝ジェットの艇長は報告した。「ありとあらゆる場所を探しました。きっと《ソル》船内にいるはずです」

「どうしようもなく、ぐうたらな卑怯者め」カロは毒づいた。「捕まえたら、思い知らせてやる」

メソナ・ハスキーはおもしろがっていいのか、心配するべきなのか、わからなかった。

バーロ人が宇宙空間にいた五時間を利用して、アトランは、タンワルツェンと今後の計画について討議した。

＊

《ソル》の船内状況は満足のいくものではなかった。かつての賢人の従者一万人と、タンワルツェン配下の幹部乗員二百人が統合された結果、いくつか問題が生じていた。

場所は充分にある。その点に不足はない。だが、過去二百年の五十倍の性能をもつ物資供給網をたちあげる必要があった。そのさい、セネカがもっとも重要な助力となるはずだったが、この生体ポジトロニクスはアトランとタンワルツェンに対して、意図的にか偶然にか、指示にまったくしたがわなかったり、誤った方向に導いたりするなどの悪さをしかけてきた。すでに数百年つづいているセネカの障害は、いまだに完全にとりのぞかれたわけではなく、突発的なことが起きる不安があった。

一万人にのぼるクランのもと住人にくらべたら、アトランがキルクールで船に乗せたベッチデ人二百五十人は、とるにたりない少数派だが、ここにもべつの問題があった。キルクールの狩人や農民は、技術についての知識をまったくもたないからだ。だが、かれらの惑星では、《ソル》は多くの伝承と伝説の中心をなしていた。それゆえ、《ソル》で生活したいというベッチデ人の欲求はきわだって強かった。しかも、きわめて知識欲旺盛であり、向学心に燃えている。実際には石器時代を生きてきたようなかれらだが、船内で数日生活しただけで、非常に早く有力となるだろうことが明らかになった。《ソル》での手当てによって脚の骨折がすみやかに治った、ベッチデ人の治療者ドク・ミングと、キルクールの狩人や農民にあらたなリーダーと認められたジェルグ・ブレイスコルは、たえずアトランやタンワルツェンと連絡をとっていた。

ジェルグはとくに、アルコン人のそばからはなれようとしなかった。ジェルグには超能力があるらしいと、アトランは強い興味をもっている、ジェルグのガールフレンドであるフランチェッテは、ベッチデ人が収容されているデッキにとどまり、不思議な植物〝はしり書き〟の世話をしていた。ジェルグはインターカムの知識がなくても、〝はしり書き〟を通じてベッチデ人たちに迅速に情報を伝達することができた。

スプーディの燃えがらからきた異人ゲシールは、すでに乗船時から多大なる興奮をひきおこした。アトランは彼女をソラナーたちから遠ざけておき、日に一、二回だけ、健康状態をたずねるために会いにいった。この謎めいた女は、銀河系に行きたいという思いを、しだいに強くしていた。

アトランはバーロ人問題とならんで、《ソル》の現ポジションを正確に把握すること、銀河系を見つけだすことに専念していた。この四百二十五年間、ペリー・ローダンや地球とコンタクトしていない。そのため、人類がどのような宇宙的発展を遂げたか、ほとんどわからなかった。アトランが知っているのは、コスモクラートたちからあたえられた知識のみだった。物質の泉の彼岸でなにがあったのか、直接には記憶していないが、クランドホル公国によって〝それ〟とセト＝アポフィスの力の集合体のあいだに緩衝地帯をつくるという自分の任務は知っており、アトランはこの任務をはたした。どれほどうまくやりとげたのか、みずから判断することはできないが。

スプーディはアトランにとってもっとも重要な補助手段だった。まだ若いクラン文化を急激に発展させ、宇宙的水準に達するよう助けたからだ。かれは恵みをもたらすこの興味深い共生体を、人類への贈り物にしたいと思っていた。

《ソル》の現ポジションについてのアトランの知識はいたって不正確だ。タンワルツェンとその部下たちは、銀河系がどこにあるのか、一度も探ろうとしたことはなかった。

ふたつの力の集合体は、文字どおり向きあっているわけではない。その中間ではクランドホル公国が力を発揮しているが、〝中間〟という言葉自体、公国の位置を的確に述べるには不充分だ。アトランはそのことを知っていた。

力の集合体は、部分的にからみあったり、かこみあったりしている。そのなかに、両超越知性体にとって中立的な緩衝地帯がいくつかあるのだ。そのひとつに、《ソル》があとにしてきたヴェイクオスト銀河があった。

アトランは四百二十五年前、物質の泉を通過してコスモクラートのもとに到達した。だが、物質の泉の宇宙座標は存在しない。もしあれば、途中で故郷銀河の位置を算定することができたかもしれないが。

ほかにはなにもヒントがないため、骨が折れて時間のかかる方法をとるしかなかった。観察できるかぎりのすべての銀河……《ソル》の天文学的手段を用いると、数百万ある……のなかで、周知の惑星群をしめす特徴的なデータを見つけるのだ。まず外見で選りわけることはできた。放射成分を物理学的・ハイパー物理学的に正確に分析すれば、既知のどの銀河がどこに位置するか判明し、銀河系のポジションを推しはかることができるはずだった。光学的観察または測定によって見つける偶然にたよることはできない。その方法で成功するチャンスはごくわずかだ。

わずらわしく思えるやり方をつづけた結果、まもなく成功する見こみとなった。そのためにも《ソル》は相対的に静止しなければならなかったので、タンワルツェンはチームを動員し、バーロ人救済に必要な時間を使って、この先のコースに不可欠なデータを確定した。

じつのところ、アトランは、さまざまな種類のグループからなる《ソル》乗員に、銀河系に向けて航行するとの計画を伝えたとき、反対の声があがるものと予想していた。

タンワルツェンはこれを黙ってうけとめた。かれにとって銀河系や地球はほとんどなんの意味ももたない。それどころか、このハイ・シデリトにとっては、船がどんなコースをとろうと、どうでもよかったのだろう。タンワルツェンと配下にある技術要員二百人は、ひとつの惑星上で生きていけと強制されてはいないのだから。

口にはしないが、タンワルツェンは地球への航行にべつの希望をいだいていた。《ソル》がもはや完全でないことは、かれにとって癪の種だった。SZ＝2が失われたのは、かれが生まれるはるか以前……推測では、ほぼ二百年前だ。伝承では正確なことはわからないが、それ以来、この巨大船は不完全であり、それがかれには気にいらなかった。

賢人のもと従者とベッチデ人は、自分たちの任務に没頭していたので、目的地については、ほとんどなにも考えていなかった。また、タンワルツェンの部下は、賢人からあたえられた指示に無抵抗でしたがうことに慣れきっていた。なんといっても、その賢人は、本来の役目はもたないにしても、現在、船に乗っているのだから。

この状況は同時に、責任ある指導者としてのアトランの立場を強めていた。アトランは巧妙にも、タンワルツェンから通常の権限をとりあげることはしなかった。かれが技術要員たちを知りつくしていたから、なおさらだ。

バーロ人が真空に出て三時間たったとき、アトランはSZ＝1の観測室から、既知の七銀河を確認したとの知らせをうけた。セネカはそれにしたがって銀河系の位置を算定したが、その方向を探しても、なにひとつ発見できなかった。

最初、アトランはセネカが誤ったのだろうと思った。だが、タンワルツェン配下の専門家たちによれば、隔たりが広大で、銀河間に星間物質の雲や妨害ゾーンが存在するかもしれない場合、銀河系をしめすシグナルのすべてがかき消され、直接的ヒントがなにも得られないというのは、けっしてありえないことではないという。

アトランは明らかに不確実な情報とわかっていながら、満足した。

これにより、《ソル》のコースは定まった。いまや、バーロ人の今後の行動を待つばかりとなった。そのあとは、スタートを妨げるものは、なにもないだろう。

部分的目標に到達したことで、アトランがほっとした瞬間、若いジェルグ・ブレイスコルがはいってきて、

「自分の超能力を信じているわけではありませんが、なにか説明のつかないものを感じていることを、お知らせしたいと思いまして」と、いった。「それがなんなのかは、わかりませんが、しだいに強さを増してきました。船に乗ったときからずっとそうなのです。想像を絶する、異様なものです。キルクールではじめて《ソル》に乗りこんだとき、すでにありました。それからたえず増加しつづけ、ひろがっていき、人々をつかもうとしています。なにか恐ろしいことが目前に迫っているのでは」

アトランにはブジョ・ブレイスコルの玄孫（やしゃご）の言葉を疑う根拠はない。とはいえ、ベッチデ人のこの不可解な申し立てを聞いても、それ以上の助けにはならなかった。

3

ライター・ハスキーはひそかに、ほくそえんだ。

SZ＝1の外被の窪みに身をねじこみ、うずくまっていた。わずか二百メートルほど先で宇宙空間にとどまっているバーロ人とその同行者を、おもしろそうに眺める。逃走は危険だったが、うまくいった。まず、宇宙服のポジションライトのスイッチを切り、そのあと、光のささない場所を探した。遠くはなれたヴェイクオスト銀河の光はごく弱いため、暗い場所にいれば、目につくことはなかった。

そうやってライターは、だれの目にもとまらず《ソル》の外被にたどりつき、双身トランスフォーム砲の窪みに身をかくすことができたのだった。

ヘルメット・テレカムの送信スイッチは切っておいた。自分を探す必死の試みがされていることは、受信機を通じて追跡できたが、生存していることをこちらから教えようとはまったく思わなかった。ガラス人間がまた船にもどったあとでも、自分の居場所を知らせる時間は充分にある。それまでに、うまい口実を見つけるつもりだった。

船の近くで、ひんやりした金属に触れていると、安心感がもどってきた。自分は労働には不向きだから、しかたがない。無気力なバーロ人の見守り役をつとめる気は、まったくなかった。

メソナは心配しているだろう。それはたしかだ。でも、あとになって、自分の天才的な行動のことを話せば、きっとすごいと思うだろう。気づかれずに妻に知らせるチャンスはなかった。ソラナーたちはめざといから、ほんのわずかな短い通信を送っても、居場所が知られてしまうかもしれない。実際、バーロ人に同行している男女はだれでも、こちらの通信を盗み聞きできるのだ。

ライターはヘルメットの下部に装着された容器から、フルーツ・ジュースをうまそうに飲んだ。そのあと、宇宙服のポケットをかきまわしはじめた。

双眼鏡が見つかったが、最初は、なにもしなかった。ヘルメットの透明窓がじゃまだったからだ。そのあと、数年前にクランで耳にしたことを思いだした。宇宙服には小型のエアロック構造があり、大きすぎないものなら、内部にとりこめるというのだ。

念のため、このエアロック構造の説明書きを終わりまで読み、正確に頭にたたきこんだ。それから、双眼鏡をとりだし、多少の苦労はあったが、ヘルメット内部の固定具にはめこむことに成功した。

いまや、バーロ人のようすをじっくり観察できた。この任務は気にいった。動く必要がなく、好きなように考えることができるからだ。

SZ＝1のスペース＝ジェット二機が自分の捜索にスタートすると、ライターは双身トランスフォーム砲のカバーの背後に身をかがめた。どんな探知からも逃げられると確信して。

実際、見つかることはなかった。

ライターの注意はふたたび、生気なく宇宙空間を漂う宇宙生まれに向けられた。同行者チームはバーロ人の勝手な動きを完全にはとめられず、グループから押し流される危険のあるガラス人間をひとりずつもとの位置にもどそうと、忙しく働いていた。

ライター・ハスキーは二時間以上、それを観察していた。

そのさい、奇妙なことを発見した。自分の知っている物理学法則のいずれとも一致しないものだった。

それと同時に、宇宙生まれの面倒を見ているソラナーが、近くにいながら、バーロ人のふるまいに気づいていないことがわかった。というのも、かれらはすぐそばの少数のバーロ人以外は、見わたすことができないからだ。

かつての賢人の従者は、どんな偶然も見おとすまいと、バーロ人が真空に滞留して休息するあいだ、この一点のみに集中して観察した。長く観察すればするほど、自分は誤っていないとの確信が強まっていった。

バーロ人全員が、ゆっくりと回転しながら、ある決まった方向につねに顔を向けているのだ。目を半開きにしていても閉じていても、そのことに変わりはなかった。

かれらの視線はSZ＝1とその重力平面から見て、下方向に向いていた。ヴェイクオスト銀河とかつてのスプーディ・フィールドは、それとはまったく異なる方向にある。

ライターは、かれらの視線の先になにか特別のものがあるのか見つけようとしたが、なんの成果も得られなかった。そこにはただ、無限の宇宙がひろがっているのみだ。

いまになって思いだした。バーロ人がSZ＝1からはなれる前に、エアロック室で例外なく床を凝視していたことを。そのときは、ガラス人間が無気力なせいだと思っていた。

カロ・ファルダステンが、ガラス人間をグライダーとプラットフォームに連れもどすようにと命じたとき、ライターはヘルメットのアンテナをへし折った。

そのあと、身振りはげしく、人々のいるほうへ漂っていった。

ファルダステンが向かってきて、自分とライターの宇宙服を接続した。

「ついていなかったんです」ライターは巧みな演技で、ぐちをこぼした。「《ソル》にぶつかり、補強材にはさまって動きがとれなかったのです。アンテナも壊れてしまいました。わたしがノックするのをだれも聞かなかったのですか？」

「ばか者」カロはそう答えただけだったが、ライターはまるで気にしていなかった。悲嘆にくれたふりをしながら、愉快な気持ちをみごとにかくしとおした。

生ける屍(しかばね)のようなバーロ人には、一瞥(いちべつ)もくれなかった。つらい数時間をすごしたあと、ただ、床(とこ)につきたいだけだった。

＊

ライターが待望の休息時間をとらなかったのには、さまざまな理由があった。ひとつにはメソナが、かれの身に起きたことを細大もらさず知りたがったからだ。最初は妻の好奇心にいやいや応じるつもりだった。それがいつもの行動パターンだから。

だが、そのとき、自分に生じた奇妙な変化に気づいた。じつは、それが眠りにつかなかった本当の理由だった。

突然、もう疲労困憊(こんぱい)していると感じておらず、怠惰にすごす気も失せていたのだ！

それはライター・ハスキーにとって、まったくはじめての経験だったので、驚きのあまり、まずは黙っていた。メソナがテーブルに食事を準備するのを目で追う。

「どれもこっそり手にいれたの」彼女は説明した。「配給食糧はひどいものよ。ほとんどぜんぶが人工製品で。補給ルートがまだうまくいっていないわ。でも、心配無用よ。わたしは自分なりの入手ルートをもっているから」

ライターが無言のままなので、彼女はあとをつづけた。

「もう眠くなったの、それとも、なにかあったの？　ひそかに逃走したときの話をしてくれるんじゃなかったの？」

「ぜんぜん眠くない」ライターは正直に打ちあけた。「自分でも、それに驚いているんだ」

妻が食事をするあいだ、自分がどうやってカロ・ファルダステンから逃れたか、また、どこに身をかくしていたかを話した。

「そんなことじゃないかと思ってたわ」メソナはいった。「あなたは、わたしが出会ったなかで、いちばん腑抜けのずるい男よ」

「きみに次いでだ」ライターは笑った。「だから、われわれ、馬があうんだ」

かれはまた、バーロ人がいつも一定方向を見つめているように思えるという、自分のおかしな観察のことも話した。

メソナは突然、スプーンを落とした。

「それはチャンスよ！」

彼女はてのひらでテーブルをたたいた。ライターは啞然として妻を見つめた。

「あの頑固で頭の悪いファルダステンは、わたしたちに目をつけている。とくに、あなたに。おちついて平穏に生きようとする者が嫌いなのよ。だから、わたしたち、もっと有力な人物とコンタクトする必要があるの。あなたにはそれができるわ。アトランがあなたの観察したことを聞いて、興味をもたなかったら不思議よ。バーロ人は宇宙空間に出ても、すこしもよくならず、むしろ無気力が強まってる。船内でまだしばらく安全に生きられるよう、ガラス装甲の状態が改善したのはたしかだけど、問題が解決したわけじゃないわ。あなたはアトランのところに行って、見たことを話すのよ。かれは感謝するでしょう。それによって、わたしたちふたりも助かるのよ。わたしはファルダステンのもとで馬車馬みたいに働く気はないわ」

「わたしも同じだ」ライターはいった。「でも、わたしの観察がそんなに重要だと思うか?」

「もちろんよ」メソナは夫の皿をさげた。「すぐに行って、アトランを探すのよ。でないと、同じことを観察しただれかが先手を打つかもしれないわ」

「きみがそういうなら」ライターは立ちあがり、ライトグリーンのコンビネーションのボタンをとめた。「行ってくる」

「うまく売りこむのよ」妻は背後から、大声でいった。

通廊に出ると、ライターは案の定、ファルダステンに出会った。

「これはまた、めずらしく大急ぎだな」ライターが急ぎ足で、もよりの反重力シャフトに向かっていくのを見て、ソラナーはいった。「どうしたのだ?」

「あなたのような、どうでもいい人に伝えることはありません」ライターは突然、自分が優位に立ったように感じた。「わたしはアトランのところに行って、きわめて重要な観察について報告しなければならないので」

ファルダステンは嘲笑し、ライターとならんだ。

「では、わたしも同行しよう。なんといっても、きみはわがチームメンバーだからな」

「反対はしませんよ」ライターはシャフトに跳びこんだ。「あなたが指揮官としての任務をいかになおざりにしていたかがすぐにわかる、いい機会ですよ」

「きみはどうやら宇宙滞在には向いていないようだ」ファルダステンはいきりたった。

ライターは応えなかった。反重力シャフトを出ると、《ソル》中央本体につづく転送機ステーションへと、まっしぐらに向かっていった。

ファルダステンは、かつての賢人の従者に遅れまいと、足を速めた。

「きみに警告する、ライター」かれはまたぞろ、話しはじめた。「きみは、自分の個人的利益と安逸のことしか考えないなまけ者以外の何者でもない。もし、なんらかの偽りを申したてたら、わたしはどれほど憤慨するかわからない」

「あなたのことではありません」ライターはソラナーをなだめた。「もっと重要なことです。だからこそ、じかに上層部と話をする必要があるのです。今後、メソナとわたしに対して理性ある行動をとると約束するなら、とりなしてもいいですが」

「まったく、いかれたやつだ」ファルダステンはうなった。だが、好奇心を呼びさまされ、ライターのあとを追って、司令室へ向かっていった。

手みじかに来訪の旨を告げると、ふたりはアトランに会うことを許された。アトランは司令室の隣室にいて、そばにはタンワルツェンとジェルグ・ブレイスコルもいた。超特大のスクリーンには周辺の宇宙空間がうつっている。色とりどりの光点が、銀河の位置をしめす目印となっていた。

「かれはカロ・ファルダステンです」タンワルツェンがアトランに紹介した。「わたしの部下です。もうひとりは、知りません」

「ライター・ハスキーです」本人がいった。「あなたの従者でした。バーロ人が宇宙空気を吸っているとき、カロといっしょに外に出ていました」

ファルダステンはこの説明を聞いて、うめき声をあげながら頭に手をやった。だが、ライターは気にもせず、つづけた。

「そのさい、わたしは同行者チームのなかでただひとり、あることを発見しました。重大性があるため、ぜひとも、じかにお伝えしたいと思ったのです」

「本当かね」アトランはいたって懐疑的だった。ライターの興奮がわざとらしく感じられたからだ。「では、きみが見たことを、話してみなさい」

「ライターはわがチームメンバーですが」カロ・ファルダステンは口をはさんだ。「かれのいうことに、わたしはいっさい責任を負いませんから」

「聞くところによれば」かつての賢人の従者は語りはじめた。「バーロ人の問題はいまだに解決されず、かれらの無気力の原因は不明だそうですね。わたしは、それに対する決定的なヒントをお教えすることができます」

ライターは拍手喝采をもとめるように周囲を見まわした。だが、だれひとり、自分の言葉に反応しない。若いベッチデ人の鋭い目つきに、かれは不安になった。

「ま、いいでしょう」話しながら、いらだたしげに足を踏みかえた。「あるものが、バーロ人に影響をあたえています。おそらく、かれらの無気力はそこからきている。それがなんであるのか、わたしにはわかりませんが、どこにあるのかは知っています。興味がおありではないですか？」

「じつに興味深い、ライター」アトランはしずかに答えた。「つづきを聞こう」

「発信源は、ひろい宇宙のどこかです。ガラス人間たちは、たえず、その方向を見つめています。わたしは二時間以上もしっかり観察しました。もっとも生気のない者でさえ、無意識のうちにからだをまわしてその方向を見ていました。船内でも、かれらはうずくまり、ひっきりなしに下を見ています。船内の人工重力から考えた下方向です。わたしは最初、かれらの瞑想的な態度のせいだと思っていました。宇宙空間に出てはじめて、注意力が高まり、宇宙生まれがいたるところで、このようにふるまっているのを確認しました」

「また任務にもどったほうがよさそうだ」タンワルツェンは疲れきったようにいうと、向きを変えた。「こんなばかげた話で時間をむだにしたくない」

「ちょっと待ってください」ジェルグ・ブレイスコルがアトランのほうを向いた。「思い違いではないと思います。この人のいうことは偽りない真実かもしれません。ここ数日、船内のいたるところで、災（わざわ）いに満ちたオーラを感じました。そこには弱い放射が一部ふくまれており、まちがいなく、かれのいった方向からきています。これまでは、それに意味があると思いませんでした」

アトランはつかのま考えこんだあと、タンワルツェンに、バーロ人を三、四人連れてくることと、反重力プラットフォームを運んでくることを命じた。ハイ・シデリトはしぶしぶ命令にしたがい、その任務をファルダステンにゆだねた。

「なんの役にたつのですかね」タンワルツェンはぶつぶつ不平をこぼした。

「どんな手がかりでも、わたしは究明する」アトランは断言した。「謎の方向になにかがあると、ジェルグまでもが推測しているのだ。ハスキーの証言を調べる根拠は充分にある」

ファルダステンは反重力プラットフォームを運び、かれのあとから、ロボット四体が各自に、無気力そのもののバーロ人をひとりずつ連れてきた。

アトランはプラットフォームが上向きに作用するようにフィールドを調整した。これによって、無重力ゾーンが生まれた。

それが終わると、無重力面のあちこちにガラス人間を降ろした。バーロ人は面の上すれすれに浮かんだ。目を閉じ、息はほとんど感じとれなかった。

「二、三分はかかるでしょう」ライター・ハスキーはいった。この試みが自分の言葉の信憑性(しんぴょうせい)にかかっていることを、かれはよく承知していた。

実際、二、三分も経過すると、バーロ人四人のからだがほぼ平行に向きあった。上体はしだいに前傾し、ついには、顔が下を見つめるまでになった。この姿勢になると、ガラス人間は、もはや動かなくなった。

「わたしのいったとおりです」ライターは勝ち誇った。

アトランはすこし待てと合図すると、インターカムに向かい、司令室を呼びだした。

「船の縦軸を九十度かたむけるのだ」と、いった。

そのあと、反重力フィールドのスイッチを切った。バーロ人は、たちまち、プラットフォームの床に落下した。

司令室から、船がかたむいたとの報告がはいると、アトランはあらためて、反重力フィールドを作動させた。

バーロ人はたがいにいりみだれて、上に浮かんだ。すこしかがめたからだが、すぐさま整然とならびはじめる。今回、かれらは例外なく、横向きになるようにからだを回転させた。

「これで、ライター・ハスキーの仮説が証明された」アトランは断言した。「きみの注意深さと、この観察を即刻われわれに伝えてくれたことに感謝する。これをどう有効に活用するかは、われわれが考える」

ライターはなおも黙って立ちつくしていた。アトランは、まだほかに気になることがあるのかと訊いた。

「いいえ、なにもありません」かつての賢人の従者は進んで答えた。かれは自分の理性を疑った。この好機を自己の利益のために利用しなかったからだ。なぜか、突然、おさえられないまでに、〝なにもしない〟ことがいやになった。

メソナはきっと腹をたてるだろうが、どうでもよかった。

かれはすばやくキャビンを出ると、もときた道をもどっていった。

そろそろ居室をかたづけるときだと、ライターは思った。メソナはかれに劣らずなまけ者だ。それゆえ、壁には飾る絵もない状態だ。

さらには、隣接している通廊も塗りなおさなければならない。すでに数カ所、古びたプラスティック塗料が剝げおちていた。

ほかにもある！　デッキの空調装置はどんな状態だろう？　だれも調べていない。なんだかんだいっても、ライターはその方面に精通しているのだ。

もしメソナが手伝わなかったら、せきたてるまでだ。やるべきことは、ごまんとある。

「とりかかるのだ」ライター・ハスキーはひとり笑った。「ぜんぶやりおえたら、友を招き、《ソル》で数百年も語り草になるようなパーティを開いてお祝いしよう」

4

「謎の放射について、きみは本当になにもわからないのか?」アトランはベッチデ人にもう一度訊いた。

ジェルグ・ブレイスコルは残念そうに、かぶりを振った。

「では、ほかの方法で調べなければならない」アトランはあらためて、インターカムまで行くと、こんどは、SZ=1の観測室を呼びだした。

「探してもらいたいものがある。それがなにかはわからないが、放射源であるのはたしかだ。探知センターの意見も必要だ。特定の方向になにがあるのかを正確に知りたい」

かれはバーロ人たちが見つめていた方向の座標を伝えた。

「なにか確認できしだい、すぐに答えがほしい」と、締めくくった。「バーロ人全員の命がそれにかかっているのだ」

若いベッチデ人はそのあいだ、おちつきなくキャビンを行ったりきたりしていた。ところどころ赤褐色の毛皮のようになっているもじゃもじゃの髪を、ときどきなでつけた。

ジェルグ・ブレイスコルは通常の基準では二十一歳だ。キルクールでは、惑星の自転周期にもとづく、べつの暦法が使われていたので、かれは年齢を訊かれると、まだ十六歳だと答えることにしていた。

「そんなに、うつけたようにひとつの方向を見ないでほしい」アトランはもとめた。「バーロ人に謎をかけられたことだけで、充分だ」

「わたしはただ、この〝オーラ現象〟の背後になにがひそんでいるか見つけたいのです」ジェルグは答えた。「残念ながら、わたしには初歩的な基礎知識さえありません。ほかの人間たちがこの放射に反応しないことも、理解できませんし」

「オーラ現象」アトランは考えこんだ。「的確な定義だ。本来、なにもあらわしていないのだから。この放射について、われわれはなにも知らない。バーロ人が本当に、それに反応しているのかどうかさえ、証明できない」

「《ソル》の歴史についての情報は、どこで得られるでしょうか?」ジェルグはほほえみながら、頭を軽くたたいた。「脳に、多少は知識をいれてやらなければなりません。そのあとなら、このオーラについて、もっと正確に説明できるかもしれません」

「記録リールがある」アトランはひとり言のようにいった。「以前は正式な宙航日誌があった。だが、これも不完全なものだった。わたしの経験によれば、過去について充分に知ることはできない。本来なんでも知っているはずのセネカに不備があるからだ。この生体ポジトロニクスは、かつて衝撃をうけたせいで、どのような過去についても、充分には反応しない。だが、タンワルツェンが保管している記録リールから情報が得られるだろう。おおいに楽しむといい。疑問が生じたなら、わたしが助けよう」

「では、タンワルツェンのところに行ってきます」ベッチデ人は締めくくった。

アトランは承諾するように、うなずいた。

「わたしはほかの方法をためしてみよう。謎のオーラ現象が本当にバーロ人に影響をあたえたとしたら、なにかに気づいたか、または、知っている者がいるにちがいない。ひょっとして、そのひとりと話ができるかもしれない」

アトランはすでに、バーロ人の代表である老フォスター・セント・フェリックスを知っていた。キルクールで正気を失ったベッチデ人の〝船長〟クロード・セント・ヴェインと、その協力者三人が、最終的に船内でとりおさえられたときのことだ。このガラス人間が負傷したことも聞いていた。

セント・フェリックスは真空内にとどまったあと、あらためて医療センターに運ばれていた。アトランはそちらに向かった。

眠っているのか、無気力状態なのか、セント・フェリックスはベッドに横たわり、そばにロボット二体が立っていた。

「かれに話がある」アトランは説明した。「非常に重要なことだ。起こしてくれ」

フォスター・セント・フェリックスはゆっくりと目を開けた。

「わたしは起きています」かれは疲れたように、小声でいった。

「傷のぐあいはどうかね?」アトランは訊いた。唐突に用件を切りだそうとは思っていなかった。

「治りました」フォスター・セント・フェリックスはささやいた。「でも、多くの酸素を失ったために、まだ体力が回復していないようです」

「わたしはバーロ人のことが心配なのだ」

老人はロボットの助けを借りて、おもむろに起きあがり、探るようにアトランを見つめたあと、もとの方向に首をまわした。

「なぜ、わたしを見ようとしないのだ?」アトランは訊いた。

セント・フェリックスはその問いには乗らなかった。

「バーロ人のことを心配されるいわれはありません」かれはつぶやいた。

「わたしはべつの見方をしている。ガラス人間の多くが自力で宇宙に出ていける状態ではないのだ。もし、われわれが介入しなかったら、バーロ人は肥厚した角質皮膚のせいで動けなくなり、最初の死者が数人は出ていただろう」

「あなたは間違っておられる、アトラン」セント・フェリックスは小声ながらも、きっぱりといった。「いま生きているバーロ人はひとりも、死なないでしょう」

「患者は精神的に混乱しています」医療ロボットの一体が説明した。「かれのいうことを、本当だと思わないでください」

アトランは一瞬、ためらったあと、会話をつづけた。

「われわれ、バーロ人全員がある一定方向を見つめるのを確認した。なにが誘因で、こういうふるまいをするのだろう？」

「バーロ人の同期的行動は自然の欲求によるもの」セント・フェリックスは答えた。言葉に拒絶の響きが混じっているのを、アトランは聞きとった。「なんの意味もありません。われわれは真空にいるとき、《ソル》が近くにいることも感じ、それがどの方向にあるかをつねに知っています」

「では、きみたちが見つめる方向にはなにがあるのだ？」

「虚無です」セント・フェリックスはささやいた。「虚無」

かれはふたたびうしろにもたれかかり、目を閉じた。

アトランは、相手がもうこれ以上は協力できないか、したくないのだと感じた。

「もしなにか、いいたいことがあるときには、わたしはいつでも話し相手になることを知っていてほしい、フォスター」アトランは優しくいうと、辞去した。

それが聞こえたのかどうか、バーロ人はおもてには見せなかった。かれはふたたびベッドに横たわり、身じろぎもしなかった。頭をいずこともしれない遠くを見るように向けている。

　アトランは近くのインターカムを探し、そこから観測室を呼びだした。

　タンワルツェン配下の女ソラナーが出た。

「話に出た方向をくまなく探し、考えられるかぎりのエネルギー・フォームを計測しました。そこにはたしかに、なにか特別なものがあります。現実にはなんであるのか、まだ正確なことはいえません。既知の概念とはまるで合致しない種々のエネルギー放射が存在し、その一部は、遠く隔たった宇宙の虚無空間にある電波星に由来します。この配置ひとつとっても奇妙です。ほかのエネルギー放射からは、比較的、近距離に……とはいえ、数十万光年内ですが……反物質の凝集体があると結論することが可能です。でも、これではまだ不正確です。この不可解な問題をさらに解明すべく、あらゆることを試みます」

「その放射についてもっと知りたい」アトランはもとめた。

「ハイパー物理学的な成分が確認されただけで、光学的観察は不可能です。また、問題の方向から通常の電波はきていませんでした。その原因は、この星間物質が若いため、光速でひろがったファクターがまだ到達していないからかもしれません」

「ハイパー放射をより精密に検査したのか？」

「ええ。まったく無害なエネルギーで、人類のメタボリズムに影響をおよぼすことはありません」

この言葉にアトランは失望した。バーロ人の行動のヒントとなるものが得られるかと期待していたのだが、未知のエネルギー源を発見する見込みはなさそうだ。

かれは司令室にもどっていった。

＊

ライター・ハスキーはデッキから聞こえてくる騒ぎに、思考をさまたげられることはなかった。焦眉(しょうび)の急と思われる作業について、計画を練りつづけていた。

通廊を曲がったときには、決心がついていた。むきだしの壁は、奇抜な絵で雰囲気をやわらげる必要がある。やりくりのうまいメソナが塗料を手にいれてくれるだろう。かれは頭のなかで、角のある獣と多彩な水玉模様を思いえがいていた。おもしろい組みあわせになるはずだ。生まれてこのかた、一度も芸術に関わったことはないが、そんなことはかまわない。ソラナーたちにも見せてやろう。

大きい歌声が耳に響いてきた。賢人のもと従者の一グループが腕を組みあい、ふらふらと向かってきた。

「いっしょにきなさい、善良なる兄弟」ひとりの女がくすくす笑いながら、陽気に手を振った。「このゆがんだ世界のすみずみまで、真の精神の教えをもたらしましょう」

「いやだ」ライターは逆らった。「まず、この通廊の壁を塗り、絵を描かなければならない」

「かれのいうとおりだ」ひとりの中年男が進みでた。「壁を塗るのを手伝うよ」

ライターには、この反応がいたって正常なものに思えた。かれは男とともに、どうすれば通廊がよくなるか、どこで塗料が手にはいるかを話しあいながら、先を急いだ。

通廊は混乱をきわめていたため、ふたりは、大きな失望を味わうことになった。三ダースあまりの人々が集まり、全員いりみだれて大声をあげている。

だが、ひとりの声がそれをかき消した。カロ・ファルダステンだった。

「ここの管理人はわたしだ」かれはわめいた。「わたしが塗るべき壁の区分を決める。それぞれが一部分をうけもつ。いまは解散だ」

人々は退却していった。

「かれは、われわれのアイデアを盗んだ」ライターは度を失って、いった。「償いをさせてやる」

ライターは同伴者の中年男とともに、ファルダステンのほうに歩みよった。管理人のそばには、塗料の缶や筆やスプレーガンがならんでいた。

ファルダステンにはおかまいなく、ライター・ハスキーはそこから青い塗料のはいった缶をとり、中身をスプレーガンにつめた。同伴者はたしかめるように何本もの筆をかざし、とくに幅のひろい一本に決めた。

「手をひけ」ファルダステンは低い声でうなった。

「いやです」ライター・ハスキーはスプレーガンの引き金をひいた。暗青色の液体が噴出して、床にこぼれた。

いまや、ファルダステンに追いはらわれたほかの者たちも、ライターと同伴者を罵りはじめた。管理人はかつての賢人の従者をひきとめようとしたが、ライターのほうが早かった。

スプレーガンは上に向きを変えた。青い塗料がファルダステンの顔のまんなかに命中した。かれは悪態をつきながら、うしろへよろめいた。

これが合図になったかのように、ほかの者たちが塗料の缶と道具に殺到した。

ライターはこの混乱からぬけだした。手伝おうとした男のことも、もはや眼中になく、ただ、むきだしのメタルプラスティックの壁しか見えなかった。

あらためてスプレーガンをかまえ、壁面に巨大な8という数字を描いた。塗料が多すぎたために、しずくが下に長い尾をひいた。

かれのそばでは、はげしいつかみあいが起きていた。筆もスプレーガンも充分にはなく、なにも得られなかった者が数人いたが、だれもがすべてを自分の所有物とみなしていたので、騒ぎはあっという間に、度をこした殴りあいになった。スプレーガンに塗料を満たすことのできた者は、それをむやみに武器として使った。筆も塗料の缶も、空中を飛んでいった。

女のグループがほうきと手ばたきで武装して、側廊から突進してきた。ライターは偶然、そのなかにメソナもいるのを見つけた。

メソナは群衆を押しわけながら、ライターのほうに進んできた。短いほうきを手にしていたが、そこから赤い塗料がしたたりおちていた。

「ハロー、ライター」彼女ははしゃいで笑っていた。「すてきじゃない？　ついに、この不毛な風景に色をそえることができるのよ」

彼女はすでに無数のしみにおおわれたライターの大きな青い〝8〟の上に、ほうきを力いっぱいたたきつけた。

「いいじゃない」彼女は歓声をあげた。ほうきは空中を飛んでいき、ちょうど床から立ちあがったファルダステンの頭にあたった。かれのブロンドの髪はべとべとした赤に変わった。

「新色だ！　新色だ！」男ふたりが大声でさけんだ。かれらは塗料の缶を満載した反重力プラットフォームをもって角を曲がってきた。

興奮して騒いでいた者たちは、たちまち気をそらされた。その言葉に反応したのだ。ライター・ハスキーもついたばかりのふたりに跳びかかった。

ほかのグループの者たちは、すでにプラットフォームから大きい容器を持ちあげていた。ひとりが開け口を見つけた。それは容器の下側にあったが、気にもしなかった。かれはいっきに、プラスティックのキャップをひきはがした。黄色い液体が幅ひろい流れとなって、通廊に注ぎこんだ。

「それは塗料じゃないぞ！」ファルダステンが叫んだ。「特殊接着剤だ。ばか者たちが。手をひっこめろ」

だれも聞いていなかった。激昂した人々は、注ぎこまれた液体に筆をひたし、壁の、まだあいているところに絵を描こうとし、あらためて、はげしい争いになった。

ライター・ハスキーは樽状の容器に跳びうつり、馬乗りの姿勢で人々を鼓舞した。それにくわえて、腰を上下に揺さぶる。なかば空になった塗料の缶が飛んできて、突然、頭にかぶさったとき、ようやく沈黙した。

かれが缶をとりのぞいているあいだ、人々はわめきちらしていた。

「わたしはどんなふうに見えるかね、みんな？」かれは満足げに蛮声をはりあげた。「きみたちよりは、ましだろう！　さ、壁を向くんだ。まだあいているところがある。それがすんだら、こんどは天井だ。いまだにぼけた色をしている」

人々の動きはしだいに緩慢になっていった。足の運びも鈍くなり、濃い粥のなかを動いているかのようだ。

「もうだめ」メソナが大声で嘆いた。

彼女はライターのまたがっている容器から数歩のところで、脚をひろげて立っていた。片手にまたほうきをもっていたが、もう一方の手は真っ黒だった。塗料の缶につっこんだにちがいない。

「助けて！　へばりついているのよ。これはまちがいなく接着剤だわ」

混乱のなかで床に転んだ数人は、もはや立ちあがることができなかった。容器から流れでた液体は、ますます速度をあげてかたまっていった。

ほかの者たちはその場に立ちつくすしかなかった。ブーツを脱いだが、薄黄色の塊りのなかを数歩進んだあとは、ふたたび、ひっかかって動きがとれなくなった。

徐々に、静寂がもどってきた。動ける者はもはやひとりもいなかったからだ。接着剤にやられなかった者は、いちはやく逃げだしていた。

ライター・ハスキーは容器から去ってはいけないのだとわかっていた。かれは両足をさらに高くひきあげて爆笑する。

「これはお祭りだ！　ずっと、これを待ちこがれていたんだ。さ、たいへんだぞ、友よ。また自由に動けるよう、がんばれ」

同じく接着剤の犠牲になったカロ・ファルダステンは、臀部が床にくっついていた！顔から塗料を拭(ぬぐ)いとる。上体を横向きにかがめて、片手をぐっとのばし、空の塗料缶をつかんだ。

かれは缶を注意深く手のなかで揺すると、空中に投げとばした。缶はライター・ハスキーの肩にあたった。かつての賢人の従者はバランスを失った。

ライターはゆっくりと横にかたむき、支えになるものを見つけようとしたが、しまいには、音をたてて床に着地した。

立ちあがるひまもなく、接着剤がコンビネーションにくっついた。かれは膝をついたまま、その場で硬化した。

ファルダステンの笑いが轟きわたった。

数分後には、嘆き悲しむ声しか聞こえなくなった。自分たちがどういう状況におかれているのか、人々はしだいに認識するようになっていたのだ。

罵る声が大きくなり、無力感がひろがっていった。そこにいるだれひとりとして、インターカムに手をのばそうとはしなかった。

メソナは夫から数メートルもはなれていないところに立っていて、信じがたいという目でライターを見やった。

「なまけ者」彼女は突然、まじめそのものの声でいった。「わたしたちみんな、とんでもないばかげたことを、しでかしたのよ」

「どうして？」ライター・ハスキーは汚れた手で、空中に8の字を描いた。

*

ジェルグ・ブレイスコルはちいさな読書室にひきこもり、だれにもじゃまされずに、タンワルツェンから借りた記録リールに没頭していた。《ソル》での暮らしについて知りたいという、若いベッチデ人の欲求は大きかった。それは、この船の過去と乗員についてなるべく多くを知ることによってのみ、可能だった。

記録リールはまったく整理整頓されていなかった。記録された日付も、ひとつのリールを読みとり装置に挿入して、ようやくわかった。ほかのリールでは、そのヒントさえ欠けていた。

かつては、検索語を通して必要な情報を呼びだすことができたが、いつのまにか、だれかが、情報の一部を処分または消去してしまったにちがいない。だからこそ、年代順になっていなかったのだ。

ジェルグは偶然、ブジョ・ブレイスコルについて知った。とはいえ、はるか以前に死んだこのミュータントと自分がどのようにして血縁関係になったのかを再構成はできなかった。だが、ブジョとの類似性は認められた。

かれはバーロ人についての情報を探ることに集中した。ほかに関心のある個々のことについては、いまは保留にした。

ついに、映像のない短い文章を見つけた。その情報が理解できなかったので、何度も読みとおした。

そこには、これまでに聞いたこともない言葉が書いてあった。〝Eショック〟だとか、〝強化されたキルリアン・オーラ〟などは、ベッチデ人の伝承にも出てこなかった。

Eショックがバーロ人となんらかの関係があるのは明らかだった。なぜなら、その情報には、バーロ人ふたりがEショックを〝さしだす〟のを拒否したと書かれていたからだ。当時のハイ・シデリトは……これがなんであるのかは、すでに知っている……そのガラス人間ふたりを、手きびしく罰していた。

Eショックとは目に見えないエネルギー・オーラで、タンクのようなものに蓄えておけるらしいと、ジェルグは見ぬいた。しかし、それを蓄えることの意味と目的、およびEショックの価値については言及されていなかった。これが記録されたときには、Eショックの存在は自明のことであったようだ。

リールにしめされた年代は、三七八五年となっていた。全バーロ人への警告として記されたと思われるこの出来ごとは、二百二十七年前にさかのぼる。ジェルグが船に乗って以来、だれもこのことについて話さなかったのは、忘れられていたからだろう。

ジェルグはこのテーマの情報をさらに探したが、なにも見つからなかった。

だが、疑念はのこった。ジェルグが感じるオーラはますます強さを増しており、目に見えない。かれは無意識のうちにそれを〝オーラ現象〟と名づけていた。自分の敏感な感覚が感じとったひとつのエネルギー形態ではないかとの推測が、心に浮かんできた。

ジェルグはアトランと話をすることに決めた。アルコン人がクランドホルの賢人の地位につく以前、二十年ほど《ソル》に乗っていたことは、すでに知っている。三七九一年にコスモクラートのもとをはなれ、ソラナーたちに迎えいれられたのだ。Eショックについて述べた報告から六年後のことだ。ゆえにアトランは、このエネルギー・オーラについてなにかを知っているはずだった。

5

アトランは司令室に向かう途中で、ひとりのソラナーに出会った。男はアトランを見て、ひどく有頂天になった。

「わたしは理髪師です」男は歓声をあげた。「あなたのような人を待っていました」

男は両手でアトランの銀色の長髪を触ろうとした。アルコン人は男をつきはなした。

「頭がおかしいんじゃないのか」

「とんでもない、敬愛するアトラン」〝理髪師〟はコンビネーションのポケットに手をつっこみ、大きな鋏をとりだした。「理髪の女神にキスされただけのこと。わたしは乗員の髪を切ったり染めたりするよう、選ばれたのです。だれもが、芸術的素養のある理髪師に出会うべきです。あなたからはじめたい。専門家であるわたしの意見では、ダークグリーンに染めた若者風カットが、とくによくお似あいではないでしょうか。あなたの高い地位にも、ぴったりだと思います」

理髪師は空中で鋏をかちゃかちゃさせ、熱狂的な視線をアトランに投げかけた。

「そこをどいてくれ」アトランはいった。

「ぜったいに行かせません。あなたの髪とわたしの芸術はたがいを必要としています」

男はアトランの顔の前で、鋏を振りまわした。アトランは電光石火の速さでつかみかかり、理髪師から道具をとりあげた。

よろこびに輝いていた理髪師の顔は、冷たい恐怖に変わった。

「なにをするんですか?」かれは悲鳴をあげた。「選ばれしわたしから、道具を奪いとるなんて。どうかしているんじゃないですか?」

アトランは男の襟をつかむと、もよりのインターカムまでひきずっていき、近くの医療センターに連絡をとろうとしたが、だれも出なかった。

理髪師がおちつきをとりもどしたので、アトランははなした。

「すみません」かれは、しょんぼりといった。「わたしが《ソル》の首席理髪師にのしあがるのが、お気に召さないというなら、ほかのことをやります」

アトランはこの男がわずらわしくなってきた。医療センターにつながらないので、べつの方法で解決することにした。

「きみの名はなんというのだ?」かれはソラナーに訊いた。

男の目はインターカムの操作盤を見つめていた。

「誇り高き技師です」男はコンビネーションのなかをかきまわしはじめ、しばらくすると、多目的ナイフをとりだし、それに付属するねじまわしをぱちんと開いた。「インターカムの件は、わたしが解決しましょう。なんだかんだいっても、わたしは《ソル》の首席技師ですからね」

男はねじまわしでインターカムの操作盤を開こうとした。だが、あまりにも不器用だったので、プラスティック板にいくつか傷ができるにとどまった。

アトランはうんざりしていた。ロボット・センターを呼びだし、医療ロボットにきてほしいともとめた。どう見ても、このソラナーが精神を病んでいるのは明らかだった。

男をロボットにひきわたすと、アトランはようやく前に進めるようになった。タンワルツェンがいるだろうと期待して、司令室の隣室についたときには、もう、この出来ごとをほぼ忘れていた。

奇妙なまでのしずけさに、かれは気づかなかった。目前に迫った航行のことで頭がいっぱいだったのだ。遠方のエネルギー源の調査が終了したいま、あらためてスタートしなければならない。

ドアがスライドして開き、アトランはキャビンにはいった。かれがここにいなかったのは、一時間たらずだったのに、ほとんどすべてが変わってしまっていた。

大型スクリーンの制御盤はばらばらに壊され、部品が床に散らばっていた。

スクリーン自体は会議用テーブルの上にあり、ゆるんだケーブルが数本のびている。

その向こうでタンワルツェンがシートにすわっていた。キイが数個ついた箱形装置を膝にのせ、ボタンを荒々しく押しながら、ときどき、スクリーンに視線を投げていた。

かれはアトランを完全に無視していた。アトランは不審に思いながら、まずは黙っていた。

「もうすぐ終わります、アトラン」タンワルツェンは不意にいった。「あといくつかつながれば、またゲームを再開できる。あなたはゴールキーパーです」

「なにが起きているのだ、タンワルツェン?」アトランには、おぼろげながら、わかりかけてきた。かれの出会ったあの奇妙な理髪師は特殊なケースではなかったようだ。

「わたしはスクリーンに筋の通った使い道をあたえたのです」タンワルツェンは自明のことを話すかのような口調で説明した。「いま、このスクリーンで反応テストゲームをしています。しかし、残念ながら、回路の誤りが見つかりません。手伝っていただけませんか?」

「タンワルツェン、きみは、銀河の位置をしめすわれわれの装置を解体してしまった。自分がなにをしでかしたか、わかっているのか?」

「もちろんです、アトラン。どうしても、いま、しなければならなかったのです。わたしはハイ・シデリトですから。銀河の位置は生存にとって重要ではありませんが、ゲームで精神を鍛えれば、われわれは生きのびることができます」

アトランが応えるより早く、近くで警報がけたたましく鳴りひびいた。その直後、ジェルグ・ブレイスコルがキャビンに跳びこんできた。

「警報を作動させたのは、わたしです」かれは高ぶっていた。「《ソル》はひどい状況です。乗員の半数が正気を失っているようです。あちらでもこちらでも、たわけた大騒動が発生しています。気づくのが遅すぎました。突然の伝染病にちがいありません」

「きみは、まだだいじょうぶか？」アトランが訊くと、若いベッチデ人はうなずいた。

「本当に伝染病なら、わたしの身にはなにも起きないだろう。細胞活性装置が守ってくれるから」

「ここでだれが正気であるかの問題は、これから調べる必要があります」タンワルツェンが口をはさんだ。「わたしの感じでは、あなたたちふたりとも、どこかおかしい」

不意に、かれは勝ち誇ったように叫んだ。

「わかった！　ここを見てみるといい！」スクリーン上をさししめすと、赤い光点があちこちへ動いていた。「アトラン！　ゴールキーパーをひきうけてください」

「かれもですか？」ジェルグはタンワルツェンを指さした。

「そうだ。きみはなにを見たのだ？」

「人々が群れをなして、壁におかしな絵を描こうとしていました。清掃隊となって通廊で大騒ぎし、ついには清掃魔になった者たちもいました。すでに、多くの災難が起きています。分別のある反応をしめす者はほとんどいません。ある女性ふたりは、わたしに新しいデザインのコンビネーションをなにがなんでも着せようとし、わたしは腕力をもって逆らうしかありませんでした。はじめのうちは楽しい気晴らしに見えていたものが、重大な危険になってきました。なにか手を打っていただけませんか」

「わかっている」アトランはきびしくいった。「セネカがわたしを見殺しにしないよう望むばかりだ。ジェルグ、まだ正気な者を大至急、かき集めてくれ。同時に、会議室をかたづけて、司令本部を設置する。とりわけロボットについては、まだ信頼できるだろう。わたしは司令スタンドから、ことが正しくおこなわれるよう気を配ることにする。そこで会おう」

ふたりはそろってキャビンを出た。タンワルツェンはたてつづけに五回ゴールを決めたことをよろこんでいるところだった。

司令室への入口は閉鎖されていた。アトランはここでもなにかが起きているのではないかと恐れたが、《ソル》全体にとって最重要なこの場所の内部から、応答があった。操縦士のひとり、フレーザー・ストルナドだった。数名の乗員が度をこした奇妙なふるまいをはじめたとき、司令室の指揮をひきうけたのだ。

かれはようやく、アトランをなかにいれた。

「なぜ、警報を鳴らさなかったのだ?」アトランは操縦士をとがめた。正式なエモシオ航法士は、もう長いあいだ船内にはいなかった。

「タンワルツェンには報告しました」ストルナドは驚いて説明した。「かれは警報を出すよう指示するといったのですが。わたし以外の十五名の幹部要員のうち、正気なのはふたりだけで、そのほかの者は、おかしな行動障害をひきおこしました。さいわい、いきなりそうなったのではなかったので、病人を全員、次々に遠ざけることができました。セネカに助けをもとめましたが、ポジトロニクスは答えをよこしませんでした」

アトランは、この状況ではスタートは無理だとすぐさま悟った。ただ、現況ではそれ以上に悪いことは起きていない。なによりも、司令室が損傷をうけていないのは、よろこぶべきことだった。

まずSZ＝1に連絡をとったが、なぐさめになるような情報は得られなかった。ソラナーの逸脱行為は、中央本体よりも《ソルセル＝1》のほうが、なおひどかった。セネカに依存せずに作動する自動装置が、司令室や反応炉とそのポジトロニクスといった最重要部分を人間から封鎖していた。正気をたもっていた乗員十七人は、SZ＝1に迫りくる混乱をおさえようとしたが、どんな処置も困難をきわめた。多くのインターカムが故障中だったからだ。修理を命じられたと思いこんだソラナーが多数いて、もよりのインターカムはすべて分解されていた。

アトランはセネカを呼びだした。すぐに生体ポジトロニクスのシンボルが輝いた。

「戦いますか?」と、セネカは訊いた。

「なんだって?」アトランはあっけにとられた。

「わたしと戦うかと訊いているのです。この数時間で、あらたに四百万種の戦闘ゲームを開発し、テストしました。あなたはわたしの内部知性構造を改良するのに、最適な対戦相手です」

「きみまでも、オーラ現象にやられたのか?」アトランはいった。

「オーラ現象」セネカはおうむ返しにくりかえした。「知らない概念です」

そのあと、ポジトロニクスはみずから接続を切った。

「ひどいことになった」アトランは認めた。「どうやら細胞プラズマまでやられたらしい。もはや、ロボットもあてにならないわけだ。プラズマを付加していないロボットを投入せねばならん」

フレーザー・ストルナドの提言で、緊急救助チームが結成されることになった。まだ正気をたもっている司令室要員ふたりが協力する。最重要課題は、まず、船内の状況を把握することだった。

アトランのそばでインターカムが鳴った。ジェルグ・ブレイスコルからだった。

「まだ病気にかかっていないと思われるソラナーを十二人見つけました。オーラ現象にやられても、多くの場合、心配するような症状は呈していませんが、いたるところで異常なまでに活発な動きが見られます。数多くの事故が起き、重傷者もいます。でも、わたしが短時間に確認した範囲では、死者は出ていません。重要な観察結果がふたつあります、アトラン。第一に、われわれベッチデ人には例外なく免疫があること。全員まったく正常です。ドク・ミングとフランチェッテがいくつか救助チームを編成して、船内をくまなく見まわり、必要な救助にあたっています。免疫のあるソラナーを各チームにくわえました。というのも、ベッチデ人は位置認識が不得手なうえに、《ソル》をまだ充分に知らないからです」

「よくやった」アトランは賞讃した。「で、第二の観察結果は？」

「バーロ人がまったく関与していないということです。かれらは相いかわらず無気力で、ある方向を見つめています」

「奇妙だな」アトランは考えこんだ。「よりによってベッチデ人とバーロ人が、オーラ現象に反応しないというのは」

そのあと、アルコン人はジェルグに知りえたことを伝えた。ジェルグは、急いでアトランに話したいことがあるので司令室まで行く、と、いった。

その前に、いまのところまだ不可解なオーラ現象におそわれていない者が、アトランのもとにきた。アルコン人はかれらの一部を、いまや唯一の希望となったジェルグとベッチデ人たちのところに行かせ、一部は自分のそばにひきとめておいた。補助要員がほしかったからだ。

それがいかに必要不可欠であったかが、やがて、明らかになった。数人が一ソラリウムで、ありとあらゆる装置を用いて、見上げるような高さの彫刻をつくっていたのだ。アトランはロボットからそれを知らされた。彫刻は崩落し、自由意志を奪われた芸術家たちが下敷きになったという。

その結果、最初の死者が出た。アトランは、いっそすべての病人を麻痺させたかったが、セネカは相いかわらず、助力するのを拒んだ。

「わたしは銀河の理論構造にとりくんでいます」ポジトロニクスは告げた。「このように重要なことにくらべれば、それ以外の問題は、あとまわしにするしかありません」

救助隊が出動すると、ジェルグ・ブレイスコルが司令室にやってきた。

「まずい状況です」かれは報告した。「即刻、手を打たないと、破滅してしまいます」

アトランは憂鬱な顔でうなずいた。経験を積んだかれでも、お手あげだと感じていたからだ。

「解明しなければならないことがあります」ベッチデ人はつづけた。「《ソル》の過去の記録を読んだださい、バーロ人に関する内容を見つけました。Eショックと呼ばれるエネルギー・オーラのことが書かれていましたが、どういう意味でしょうか？」

「大昔の話だ」アトランは進んで答えた。「いま起きていることと関連はないと思う」

「わたしはその話に興味をもちました。いま起きている不気味なことと関連するように思えるのです」

「ま、いいだろう。わたしが物質の泉の彼岸から《ソル》にくる二十年ほど前のことだ。当時の幹部要員……すなわち、ハイ・シデリトと、マグニードと呼ばれる側近十人は、バーロ人が五時間あまり真空に滞在するあいだに、不可視のエネルギー・オーラを帯びたことを発見した。なぜ、それが起きたのかは、どうしてもわからなかった。思うに、《ソル》が事実上の独裁政権下にあった時代には、科学面からこの件に興味をもつ者はいなかったのだろう。それでも、このEショック放射はいつしか、正常なソラナーに刺激的な作用をおよぼすものということがわかった。快感をもたらし、精神を高揚させ、寿命をのばすとまでいわれた。そのため、ハイ・シデリトたちはEショックに非常に興味をいだいたわけだ。

バーロ人は宇宙空間滞留のあと、特別室にいれられた。そこでプロジェクターがオーラを吸引し、タンクに蓄える。オーラはいつでもとりだすことができた。もちろん、この楽しみにふけることができたのは、ハイ・シデリトと十人のマグニードだけだった。オーラを吸引しなくても、バーロ人にはなにも起きなかった。エネルギーはしばらくすると消えさり、なにもかも、その前と変化はなかった。わたしの知るかぎり、それがどういう類いのエネルギーなのか、確認されたことは一度もなかった。Eショックに本当に効果があったのかどうかも解明されなかった。

《ソル》がスプーディ船となってクランにとどまる前には、すでに、この話は忘れさられていた。当時、わたしにはほかに課題があり、それ以上、Ｅショックの問題に関わりあうことはなかった。重要なことだとは思われなかったのだ。ソラナーたちはだれひとり、このことを聞いていないし、ほとんどのバーロ人もこの件には関心がなかった。自分たちの利害に関係なかったからだ」

「そのエネルギーは測定可能ですか？」ジェルグ・ブレイスコルは訊いた。

「もちろんだ」アトランは驚いた。「まさか……」

「まだわかりません」ベッチデ人はさえぎった。「わたしはキルクール生まれの無知な狩人にすぎませんが、ほかの者が気づかないことを感じとる鋭敏な感覚があるので」

アトランは隣室からハイパーエネルギーのマルチ測定機をもってきて、既知のハイパー周波に調整した。主として反応炉とエンジンからくる、いつも船内にある周波だ。

「感度、百五十」と、つぶやいた。「Ｅショック放射を測定するには、これがほぼ最低値だ」

センサーキイを押し、測定機のスイッチをいれた。

鈍い破裂音がした。数値の表示装置が焼けおち、細い煙がたちのぼった。

「これはどういうことですか？」ジェルグは訊いた。

アトランは眉をひそめた。

「過剰なエネルギーを一瞬のうちにとりこんだため、自動安全遮断装置の反応がまにあわなかったのだ。待て」

しばらく機械を操作し、あらたな表示装置につけかえ、安全装置も新しくする。

「感度、百万」アトランはいった。「これで、反応限界を最高値にプログラミングしたから、どんな表示もあらわれるはずはない。表示されるエネルギーがあるとしたら、恒星やシュヴァルツシルト反応炉のような、とくに強力なハイパービームに由来するものだけだ」

かれはあらためて、スイッチに触れた。

ぶーんとかすかな音がしたあと、表示装置に〝二十二〟という数字が光った。

アトランは驚愕して、鋭く息を吐きだした。

「この狩人にも説明していただけませんか？」ジェルグはもとめた。「どんな魔法を使ったのかを」

操縦士のフレーザー・ストルナドもくわわり、測定機の表示を見やった。アトランがなおも考え深げに黙っているので、ソラナーはいった。

「われわれ、ものすごく強力な未知エネルギー・フィールドのまっただなかにいるというのに、なぜ警報装置が反応しなかったのでしょう？」

「わからない」アトランは白状した。「説明できるとすれば、これが、われわれにはまったく未知のエネルギーということだけだ」

「Eショックですか？」と、ジェルグ。

「それは、これから立証できるだろう」アトランはいった。「一度、Eショック放射のスペクトルを見たことがある。そのようすは知っている。自慢じゃないが、わが記憶力はカメラ並みだ。フレーザー、ハイパーエネルギーの分析機をもってきてくれ」

操縦士はもとめに応じた。十分後、アトランはあらためて鋭く息を吐きだした。

「まちがいない」興味津々の聞き手たちに伝えた。「このエネルギーには、Eショック放射のスペクトルに特有の値いがふくまれている。だが、それだけではない。これまでに見たこともない、べつの異様なエネルギー成分も存在する」

さらなる考察は、ベッチデ人数人の到着によって中断された。ドク・ミングとフランチェッテもいる。かれらは船内の状況を報告した。

「最後までのこっていたソラナーもオーラ現象にやられました」ベッチデ人の治療者がいった。「ひどい状態です。われわれの仲間がひっきりなしに出動し、まともなロボットも協力していますが、《ソル》は巨大すぎて、すべての場所に行くのは不可能です。精神錯乱による行為と喧嘩で、すでに七人が死亡しました。助けが必要です。でないと、この状況はおさえられません」

「わかっている、ドク」アトランは答えた。「だが、直接に助けることはできない。その立場にはないから。わたしにできるのは、災いの根を断ち切ることだけだ。われわれはその解明に数歩近づいた」

ベッチデ人たちはこの説明に満足したらしく、ふたたびひきあげていった。

アトランはデスクに向かい、メモに簡略に書きしるした。

「本当に関連性があるのかどうか、わたしには判断がつかないが」と、打ちあけた。「バーロ人がまったくの無気力状態になった。はるか彼方のどこかに、ある種の放射をハイパー周波で送ってくる発信源がある。ソラナーは、がむしゃらで労働意欲にあふれたスーパークリエイターになった。ベッチデ人二百五十人は、オーラ現象にやられていない。船内には明らかにEショック成分と、わたしも知らないべつの成分をふくむ放射が存在する。これらすべて、どうもつじつまがあわない。この鎖には輪がひとつ欠けているのだ。遠方からくるハイパー放射のスペクトルを調べたが、異様ながらもバーロ人のEショック放射はふくまれていない。もしかしたら、関連性は皆無かもしれない。ただ、善良なバーロ人が、どう見ても、いまだかつてないほど強く影響をうけていることには驚かされる」

「問題を解決するのは、いたってかんたんですよ」フレーザー・ストルナドが主張した。デスクに歩みより、アトランのメモをとって、あっという間にまるめた。

その紙きれを無造作にうしろに投げた。

「諸君！」フレーザーは誇らしげに、大声でいった。「機は熟した。熟慮のすえ、この先の争いに決着をつける。諸君に恒星の教えを伝えよと、時代がわたしに告げたのだ。諸君はわたしの個人的弟子として、恒星へ最初に飛翔する恩恵をうける。反応炉を作動させよ！　ニューガス・プロトン放射エンジンを動かせ！　さ、はじめよう！」

フレーザーが両手を操縦席の制御エレメントに置くやいなや、アトランは手刀で制した。

「よかった」免疫があるふたりのうち、ひとりがいった。「フレーザーがなぜ、こうも思いあがったまねをしたのか、理解に苦しみます。当面の問題を完全に見失ったのでしょうか？　さ、司令室を改装しましょう。やっと船内にダンスホールができるのです」

「どうやら、最後まで正気だったソラナーまでもが、やられてしまったようです」ジェルグ・ブレイスコルは悲しげに認めた。

ジェルグは男が司令室の改装にかからないうちに、とりおさえた。アトランはロボット二体を呼びよせ、かれらを連れていかせた。

免疫があった最後の乗員は目を大きく見開き、アルコン人をじっと見つめて、「わたしは自分で行きます」と、つぶやいた。「反対する者がいるならべつですが。わたしは突然、宇宙の叙事詩を書きたいという抗しがたい衝動にかられました。ここは、それにふさわしい場所ではありません」

アトランは男を行かせた。一万をこえる乗員それぞれの面倒を見るのは、とうてい不可能だ。いまは、司令室の技術設備が損傷をこうむらないことを考えるしかなかった。

まもなく、フランチェッテがはいってきた。

「最後までのこっていた人たちも、正気を失ってしまいました」彼女は報告した。「正常なのは、ベッチデ人だけです」

アトランは黙って、その知らせを聞いた。幼い子供のような無力感をおぼえた。いまや、バーロ人の角質皮膚がふたたび厚くなりすぎても、宇宙空間に連れていく者さえ、いなくなったのだ。

《ソル》は破滅寸前だった。

「われわれ、どうすればいいのでしょう?」ジェルグ・ブレイスコルが訊いた。

「戦いつづけるのだ」アトランは答えた。「わたしは鎖の、欠けた輪を見きわめなければならない。Eショック放射ではありえない。それがネガティヴな働きをしたことは一度もないと、知っているからだ」

〈木を見て、森を見ていないのかもしれないぞ!〉この瞬間、思いがけず、付帯脳が意思表示した。

6

ベッチデ人の協力がなかったら、この状況は絶望的であっただろう。キルクールの狩人と農民二百五十人が出動し、その後の数時間、ひっきりなしに逸脱行為の阻止にあたった。《ソル》を構成するデッキの数の多さから見ると、焼け石に水ではあったが、それでも、完全な混乱状態を招くよりは、ましだった。

幸か不幸か、セネカはまるで消極的だった。アトランは生体ポジトロニクスの助力をとっくにあきらめていた。

セネカの消極性は、有機プラズマを付加されたロボットにも同程度に起きていた。アトランにたえず情報を提供しているベッチデ人の報告によれば、ロボットたちはスイッチを切られたように、ぼんやりと立ち、話しかけることもできないという。

正気を失ったソラナーの救助処置は、ポジトロン部品だけでできたごくわずかなロボットが支えた。そのあいだにも、何度か、突発的な事件が起きた。というのも、ロボットは最初、免疫のあるベッチデ人と正気を失ったソラナーを区別することができなかったからだ。ロボットの基礎プログラミングにしたがったなら、乗員が特定の道具やそれ以外の材料を要求した場合、どこかで線をひくことなどできない。

ついにアトランは船内全域放送で、すべてのロボットに、救助活動のみをおこなうよう指示をあたえた。おかげで、ベッチデ人たちの任務は楽になった。

司令室には、アトランとジェルグ・ブレイスコルがつめていた。アルコン人はセネカと接続していない独立したポジトロニクスを使って、目下の問題を解決しようとしていた。まず、すべての既知データを入力する。

マシンが計算に必要とする時間を使って、ゲシールを訪ねた。

スプーディの燃えがらからきた異種族の女は睡眠中だった。アトランは彼女を起こさなかった。謎めいたオーラ現象は、セネカの細胞プラズマやロボットがうけたのと似たような影響を、ゲシールにもあたえているようだった。

司令室にもどってくると、ポジトロニクスが最初の結果を出していた。それによれば、Eショックについてのアトランの考えは、完全な誤りであったことになる。

「いまの状況は、以前とはまったく異なります」コンピュータは断言した。「バーロ人は、Eショックをとりこみすぎて、完全な過充塡状態にあります。これは興奮剤の過剰投与に似て、あらたに、危険にもなりえる作用をひきおこすのです。この過充塡状態をひきおこしたのが、未知の放射源であることに疑いの余地はありません。対策としては、すぐに出発すること。このセクターでは、放射源がとくに強力に働いています。ハイパー重力フィールドにもとづくレンズ効果によるものと思われます。即刻、ここを立ちさる必要があります」

「いうのはかんたんだが、無理だ」アトランは抗弁した。「セネカの助けがあれば、わたしひとりで《ソル》を動かすこともできる。だが、それができないのだ。ベッチデ人は農耕と狩猟は理解しているが、宇宙船の操縦についてはなにも知らない」

「わたしは、いまからでも学びます」ジェルグはアトランをはげまそうとした。

「Eショックの過充塡が、ソラナーにどう作用するのだ？」アトランはポジトロニクスに問いかけた。「つじつまのあう鎖の輪がひとつ欠けている」

「説明は可能です」ポジトロニクスは即答した。「考えられるのは、バーロ人が遠方の物体の放射を自分たちのなかにとりこみ、変性させたことです。それがリレーか触媒のように作用し、Eショックの過充塡によるべつのハイパー放射につながったのです。わずかな量のEショックでも作用は促進されます。われわれがいま経験しているのは、いわば〝スーパー促進効果〟と呼ぶべきものです」

「バーロ人が発していると思われる変性放射が、これ以上、人々を襲わないように配慮しなければならない。この放射の構成成分をブロックする遮断フィールドか、それに類似したものがあるか？」アトランはつづけた。

「通常のパラトロン・バリアなら、その課題に応えることができるでしょう」ポジトロニクスは答えた。「でも、それは完全に封鎖されているはずです」

「すぐにパラトロン・バリアのスイッチをいれましょう」ジェルグはいった。

「無意味です」ポジトロニクスは反論した。「危険なエネルギーはすでに《ソル》内部に存在します。バーロ人が真空に滞留中にこのエネルギーをとりこんだのは、ほぼ確実です。つまり、《ソル》の〝外側〟にバリアをはっても役にたたないわけです」

アトランが考えこんでいると、フランチェッテが司令室にやってきた。ベッチデ人の若い女はとりみだしたようすで、ジェルグがキルクールから船にもってきた植物の葉を一枚、手にしていた。

知性を思わせるほどの不思議な能力をそなえたこの植物を、ジェルグは〝はしり書き〟と名づけていた。ジェルグが集中して言葉を考えると、それが通常の書体で葉の上にあらわれるからだ。きわめて細かい葉脈のなかに、濃い青色の液体がふくまれていて、それが繊維質のなかで濃縮され、文字になるのだ。

このメカニズムが実際にどのように機能しているのかは、だれも知らなかった。ジェルグは植物の特異性のせいだとしていたが、アトランはかれの超能力を信じていた。ジェルグは自分には鋭敏な感覚があるとしか、いわなかったが。葉に文字を浮かびあがらせるのは、この男だけだからだ。

〝はしり書き〟の葉は枝からちぎったあとも、三、四日間はこの能力を保持する。

フランチェッテが手にした葉は、文字でおおわれていた。

「いったい、これはなに、ジェルグ？」彼女は訊くと、葉をかざした。「ひと言も理解できないわ」

「〝はしり書き〟のことはこれまで忘れていた」ジェルグは驚いた。

文字をちらっと見て、

「これは、わたしが考えたことではない」と、いいきった。

アトランは葉を手にとり、声に出して読んだ。

「われわれには人々を死なせるつもりはない。F・F」

「F・F？」ジェルグは訊いた。アトランはうなずいて、

「フォスター・セント・フェリックスではないか。あの老バーロ人と話をする必要がある。きみたちはここにいて、頭のおかしい者が闖入してこないように注意してくれ」

アトランはフォスター・セント・フェリックスが最後に臥床していた医療センターを訪ねた。老ガラス人間はたしかにいたが、アトランがはいっていったときには目を閉じていた。ロボットの姿はなかった。

バーロ人は大儀そうに目を開けた。アトランはかれの顔の前に〝はしり書き〟の葉をかざして訊いた。

「わたしになにか伝えたいことがあるのか？」

宇宙生まれはしばらく黙って葉を見つめていた。それから、やっとの思いで片手をあげ、葉を指さした。

「これです」と、苦しげにいった。バーロ人の容体は憂慮すべきものだった。真空に滞留したにもかかわらず、ガラス皮膚がきわめて厚くなっているのを、アトランは見逃さなかった。

「なぜ？」アトランは訊いた。「どうか答えてくれ。全員にとって重要なことなのだ。《ソル》の全乗員が危機に瀕している」

「なにが起きたかは聞きました」セント・フェリックスは小声でいった。「バーロ人のせいではありません。われわれはみずからの道を歩んでいかなければならない」

「理解できない。もっとくわしく説明してほしい」アトランはせきたてた。

「わたしにもわかりません、アトラン」老バーロ人はほほえんだ。「でも、そんなことはどうでもいいのです」

「わたしはすべてのバーロ人をパラトロン・バリアの檻にいれるつもりだ」アトランはつづけた。「きみたちの発する放射がこれ以上、ソラナーを頭のおかしい人間に変えてしまわないようにするためだ」

「あなたが正しいと思うことをすればいい」フォスター・セント・フェリックスはおだ

やかに答えた。「ことのなりゆきを変えるのは、もはや、あなたにもできません」

「それはどういう意味だ？」

アトランはもう、答えを得ることができなかった。セント・フェリックスは目を閉じ、ふたたび深い瞑想におちいっていた。

役にたつ情報を得られないまま、アトランは司令室にもどった。ただちに、パラトロン艦についての、すべての指示をあたえた。

ジェルグは行動可能な全ベッチデ人を呼びよせ、ロボット二十体に手伝わせた。アトランは、ディメセクスタ・エンジンがある中央本体の数階層下のデッキに、パラトロン・エネルギー・フィールドを用意することにした。そこには、かれの計画に最適の保安装置と大ホールがあったからだ。

そのあいだに、ジェルグは全バーロ人を連れてくるようとりはからった。さいわい、ベッチデ人は反重力プラットフォームのような技術機器は器用にあつかえる。

一時間後には大ホールにパラトロン・バリアが用意され、ベッチデ人たちはバーロ人をひとりのこらず室内にいれた。フォスター・セント・フェリックスもいた。ガラス人間は抵抗せず、されるがままになっていた。全員が無気力で無関心なようすだ。

「三百十五人」ジェルグはアトランにいった。「これで全員だと思います」

「タンワルツェンは、バーロ人は三百十八人いるといっていたが」アトランは眉をひそめた。「正確な数を知らなかったのかもしれない。それはいま、どうでもいいことだ。宇宙生まれ三人や四人が発するEショック放射など、たいしたものではあるまい」

〈もちろん、かれらの放射はたいしたものではない〉付帯脳がおうむ返しにいった。そのさい、〝放射〟という言葉がとくに強調されていた。

アトランは火急の用事をかかえていたので、それ以上、ヒントと思われるこの言葉に注意をはらうことはなかった。

バーロ人はホールの床に長い列をなして横たわり、微動だにしなかった。自動装置のように、そろって、頭を同一方向に向けていた。

「行くぞ！」アトランはジェルグにいった。

ホールを出ると、アルコン人はバーロ人を周囲から完全に遮断するためのパラトロン・フィールドのスイッチをいれた。

「六ないし七時間後には、かれらのうち、最初のグループはふたたび真空に出ねばならん」アトランは考えこんだ。「それまでにこの処置の効果があらわれなかった場合は、かれらにとって、見通しは暗い。最終的には死んでしまうだろう」

〈セント・フェリックスがいったことを、忘れたのか？〉付帯脳が問いかけた。

司令室にもどると、ポジトロニクスがこれまでの算出結果を証明していた。混乱した展開のなかで判明したのは、バーロ人の近くにいることの多かったソラナーが、もっとも早く、強く、オーラ現象の影響をうけたことだった。ガラス人間と宇宙空間に出た者は、影響も最悪だった。そのあと、しだいに、すべてのソラナーが、不可視の放射に見舞われていった。

「このあと、どのように展開していくか、待つしかない」アトランは断言した。

「すべての重要地点に監視を配備しました」ジェルグ・ブレイスコルは答えた。「われわれの情報網はますます改善されつつあります」

アトランはうわの空で聞いていた。

「この船を飛ばせる乗員がいればいいのだが」かれは嘆き、切望するような目で司令室の装備を見やった。「ここから去らなければならない」

＊

ライター・ハスキーはちいさなポケットナイフで、かたくなった特殊接着剤をブーツから掻きとろうとしていた。ほかのソラナー数人はぬけだすのに成功していた。接着剤がかたまったときに、ブーツから脚をひきぬいたのだ。だが、ほかの者を助けるかわりに、忙しげに突飛な絵を描きつづけていた。しかも、競争相手をだしぬいたことをおおいによろこんでいるようすだった。

不意に、まったくべつの側から救援がやってきた。その荒っぽいグループは、わめき声をあげながら、接着剤で身動きのとれないソラナーたちに跳びかかった。

ライターはこのグループの奇妙なようすにすぐ気づいた。言葉と装備がそれを物語っていた。清掃作業に必要な、ありとあらゆる道具を身につけていたのだ。かれらは即刻、塗りたくられた壁から塗料を剥がしにかかった。あたりは溶剤と洗浄剤の刺すような臭気に満たされた。

清掃熱に浮かされたグループにとって、かたまった接着剤はとくに難題だった。とりわけ、固着して動かない者たちをまず、とりのぞかなければならなかったからだ。

ライターもメソナも、このようにしてふたたび解放された。

「8を描くんだ！」かつての賢人の従者は自分の意志でまた動けるようになると、夢中で叫んだ。

手近なところに散らばっている筆をにぎると、たったいま清掃されたばかりの通廊の壁に向かって投げつけた。

それが清掃熱に浮かされた人々の気にいるわけがなかった。自分たちの作業の成果を見まわっていたからだ。

「用心して！」メソナは夫に警告した。

ひとりの女がほうきを剣のようにかざし、悲鳴をあげながら、ライターめがけて突進してきた。かれは振り向き、グリーンの塗料をしたたらせている腕ほどの長さの筆を、防御するように振りあげた。

あっという間に、つかみあいの混乱状態となり、しだいに、居あわせた者全員がそれに巻きこまれていった。戦いははげしさを増し、まもなく、だれもがだれかと戦うようになっていた。

ライター・ハスキーの忍耐もこれまでだった。上腕に手痛い打撃をうけたので、なおのことだ。かれはメソナをわきにひっぱっていった。

「逃げるぞ」ライターは大声でいった。「芸術作品に適したしずかなところを探そう」

メソナはうなずき、夫のあとを追って、人けのない側廊に向かった。

突然、目の前にロボット二体が立っていた。背後には若い男がいて、こちらを疑わしげに見つめていた。

「ベッチデ人よ」メソナがいった。キルクール出身者のやや濃い肌色を知っていたからだ。「あの人、新しい塗料の調達を手伝ってくれないかしら？」

「ただちに、ばか騒ぎをやめなさい」ロボットの一体がいった。「さもないと、麻痺させます」

ライター・ハスキーはすばやく反応した。

「われわれは無害で、なにもしていない」と、説明。「もう塗料もいらない。それより、清掃魔と壁を汚す者たちとの戦いを気にかけたほうがいい」

ライターは自分たちのきた方向を指さした。騒音がこの場所まで響いてきている。なにもなかったかのように、かれはメソナの手をつかみ、先に進んだ。ロボットとベッチデ人は、混乱する戦いの場に向かっていった。

「厄介ばらいできた」次の角を曲がったライターは笑って、「さて、どうしようか？」

メソナは立ちどまっていた。

「疲れたわ」と、うめくようにいった。「どうしたのかしら……わけがわからない」

「たしかに」ライター・ハスキーは突然、別人になったようだった。「なにかが欠けたみたいだ。探しにいかなくては。なにかが盗まれたのだ」

空中で両手をめちゃくちゃに動かし、突然あえぎながら頭に手をやった。

「なんてひどいことを。われわれに、なにをしたのだ？」

ふたりは通廊をよろめきながら、人員用の反重力シャフトまで行った。

「見てごらんなさい」メソナは力なくいうと、シャフトのなかを指さした。

眠っているのか、意識を失っているのかわからない男が、シャフトで上昇していく。そのコンビネーションはぼろぼろになっていた。

「どこかにかくれよう」ライターは提案し、メソナは同意した。

かつての賢人の従者ふたりは、あてどなく歩いていった。足どりはのろく、上体は軽く前傾していた。ライターは痛みをこらえるかのように、何度も顔をしかめた。

「この辺をよく知っているか？」かれは弱々しく、妻に訊いた。

メソナはかぶりを振った。

「休息できるしずかな場所がほしいわ。自分たちがしたことをよく考えないと。だって、わたしたち、ひどく変わったふるまいをしたから」

「われわれだけじゃない」ライターはいった。「みんな異様だった。内面の衝動につきうごかされて、どうすることもできなかった。カロ・ファルダステンまでそうなっていた。わたしは疲労困憊している。だが、なにかだいじなものがなくなった感じもする」

かれはメソナのあとから、めったに人の通りそうもない側廊にはいっていった。数メートル先にハッチがあった。

「たぶん、倉庫だ」かれはいった。

ふたりはなかにはいったが、予想に反して暗いままだった。自動照明装置がないのか、それとも、壊れているのか。

「ここは暗すぎるわ」メソナはぼやいた。

その瞬間、背後でひとりでにドアが閉まった。ライター・ハスキーは驚いて振り向いた。それと同時に、低い天井に明かりがともった。

「あら！」メソナはいった。

彼女は見まわした。

壁の片側に空の棚がならんでいた。もう一方の側にはちいさいデスクがふたつと、椅子がいくつか置かれていた。そのあいだに、かれらの知らない機械があった。機械の前面には、アンテナを思わせる半球がつきでていた。

「われわれ、どこにきてしまったのだろう？」ライターは不安げに訊いた。

「あそこを見て！」メソナは機械を指さした。

金属ブロックの両側から、人の姿があらわれた。銃をもつ男ふたりだ。

ふたりがバーロ人であることは、特別の知識がなくてもわかった。ほかの宇宙生まれと違って、このふたりは、はっきり目ざめていた。皮膚が肥厚しすぎているのにも、メソナは気づいたが、このガラス人間たちは、楽々と動いていた。

「あんたたちはだれなんだ？」ひとりが訊いた。その声には、かすかながら脅迫の響きがあった。

ライターはバーロ人ふたりを前に、奇妙な興奮をおぼえた。目に見えない方法で、あらたな力と行動意欲が身のうちに流れこんできたかのようだった。

「わたしはライター・ハスキー」と、進んで答えた。「これは妻のメソナだ。われわれ、ここで塗料を見つけようとしていた。居住セクターの味気ない壁を美化するためだ」

バーロ人ふたりはすこしのあいだ見つめあい、うなずきあった。

「当面、あんたたちを捕虜にする」ふたりのうち、代表格の男がいった。「ばかなまねをしなければ、ひどい目にはあわさない。二、三時間もすれば解放されるだろう」

　メソナもまたあらたな活力が一挙に全身にあふれてくるのを感じていた。

「そうは問屋がおろさないわ」彼女は逆らった。「罪のないソラナーを監禁するなんて、そんなことをしてもむだよ」

　彼女はバーロ人に跳びかかろうとした。ライターも相手の銃にはおかまいなく、跳びかかろうと身がまえた。突然、背後から三人めの宇宙生まれがあらわれたことに、ふたりは気づかなかった。

　このバーロ人はソラナーふたりのコンビネーションをつかんだ。あとの両バーロ人も、たちどころに駆けよってきた。

　一分後には、ライターもメソナも縛られ、床に転がされていた。

　バーロ人たちが言葉をかわすことはなかった。

「説明しろ」ライターはいきりたっていた。「これはどういう意味だ？」

　ガラス人間のひとりが進みでた。

「いや、ライター・ハスキー」かれは答えた。「なんの意味もないかもしれないし、あんたにも彼女にも理解できないだろう。だが、われわれがだれも傷つけようと思っていないことは知ってほしい。いま、あんたたちふたりは非常に重要な活動のじゃまをしている。だから、しばらくのあいだは捕まえておかなければならないのだ」

「じゃ、これだけ教えてよ」メソナはもとめた。「どうして、あなたたち三人ははっきり目ざめているの？　ほかのバーロ人たちは話もできないのに」

ガラス人間たちは笑みを浮かべた。

「バーロ人は全員、話もできるし、いまだかつてないほど、はっきり目ざめている」

7

アトランはスクリーンふたつの前にすわり、パラトロン檻の内部のようすを伝える映像を見つめていた。バーロ人はごくしずかにしていた。ほぼ二時間のあいだ、言及するにたるほどの出来ごとはなにも起きていなかった。

そのかわり、熱心なベッチデ人たちが、かれのデスク上に緊急の情報を積みかさねた。アトランに希望が湧いてきた。宇宙生まれを閉じこめることで、あっという間に、ひどい逸脱行為がおさまったからだ。

頭の混乱したソラナーたちは、あらたな活動の場を探すかのように、あちこち駆けずりまわっていたが、実際にはなにもしなかった。多くの者がはげしい疲労を見せ、その場で横になったり、眠ったりしていた。

そのために、ベッチデ人の救援コマンドとロボットの仕事はずっと楽になった。災難にあった者の多くは短時間で救出されて、医療センターは満員だった。

セネカには相いかわらず話しかけることができなかったが、細胞プラズマをもつ医療ロボットは、ふたたび活動できるようになった。ほかのロボットは自動的にかたづけ作業を開始した。

「どうやら、かなりはかどったようだ」アトランはほっとして、「このあとも、いいほうへ向かっていくだろう。ソラナーが回復しだい、われわれはスタートできる」

ジェルグ・ブレイスコルを見つめたが、ベッチデ人は黙っていた。

「どうかしたのか、ジェルグ？」アトランははげますように訊いた。

「うまくいえませんが」ジェルグはためらいながら、「バーロ人がパラトロン檻に閉じこめられて以来、オーラ現象はずっと減りつづけています。この処置が正しかったことはまちがいありません。ただ気がかりなのは、いまだに残余放射があることです」

「遠くの放射源のことか？」

「いいえ。それはまだ存在していますが、わたしはそれとバーロ人のオーラを区別できるようになりました。《ソル》には、いまだに、ガラス人間の弱い残余放射があるのです。わたしの間違いでなければ、それは《ソルセル＝1》からきています」

〈三百十八マイナス三百十五は三だ〉アトランの付帯脳がいったが、ジェルグには聞こえていない。

「覚悟したほうがよさそうだ」アトランは認めた。「パラトロン檻の外に、まだバーロ人が数人いることを。おそらく、きみが感じているものは、その者たちが原因だろう。

だが、そのわずかな者たちが危険だとは思えない。なんだかんだいっても、ソラナーは数百年のあいだ、Ｅショック放射のあるなかで生存してきたのだから」

ジェルグ・ブレイスコルは、この説明に満足した。

司令室の入口ブザーが鳴った。フランチェッテが入室をもとめている。アトランは思いに沈みながら、ハッチを解錠した。

男の荒々しいどなり声を聞いて、アトランははっとした。

「立て！　退役した賢人よ、われわれになにをした？　あんたを手伝うから、われわれに人生のよろこびをもたらすのだ」

アトランとジェルグ・ブレイスコルは銃口が向けられているのを見た。男女十人あまりが司令室に闖入してきた。二メートルはある大男がフランチェッテを押さえている。

アトランとジェルグは瞬時にとりかこまれた。

数人は、アトランがＥショック放射を測定した機械を調べはじめた。ほかの者たちは操縦装置の計器盤を触った。

「手をひけ！」アトランは興奮している一味にどなりつけた。「それは無知な者たちの役にたつようなものではない」

かれはジェルグ・ブレイスコルをひきとめた。ジェルグはフランチェッテを押さえている男に向かって、いまにも跳びかかりそうになっている。

「なにをするかは、わたしが決める」闖入者たちの代表格の男が低い声で脅した。「幸福をもたらす放射を妨げる遮断フィールドのスイッチを、すぐに切るのだ」

アトランは男のほうに歩みより、その目をじっと見た。かれはすでにその長い人生で、数多くの心を病んだ者を見てきた。険悪な目つきで脅そうとしているほかの者たちを、黙って見つめ、かれらにも同じ徴候があるのを認めた。

これらのソラナーは病んでいるばかりか、正真正銘の中毒症にかかっていた。明らかに、バーロ人による変性放射の禁断症状に苦しんでいるのだ。うわべの幸福感が、じつは人工的なものに由来すると、だれかが気づいたにちがいない。いまや、その源が事実上、遮断されたため、放射への欲求がますます大きくなっているのだ。

「きみたちは病んでいる」アトランはしずかにいった。「もうすこし辛抱すれば、すべてはまた、もとどおりの正常なレベルにもどるだろう」

「でも、わたしたち、辛抱できないわ」ひとりの女が叫び、突進してきた。「すぐに生命の泉のスイッチをいれなさい。でないと、あなたは終わりよ」

「きみたちは邪道におちいっているのだ」アトランはもう一度、試みた。「分別をとりもどさなければ、セネカを使ってきみたち全員を麻痺させる」

「はったりだ」フランチェッテをしっかり捕まえている大男がうなった。「セネカはわれわれの味方だ。でなければ、とっくになんらかの処置を講じていたはず。われわれに、よりよき人生への準備ができていることを、あんたは感じないのか？」

「きみたちを助けられたらいいのだが」アトランは痛ましげに、かぶりを振った。

「生命の泉のスイッチをいれて！」

「遮断フィールドをとりのぞけ！」

「幸福生成装置の場所を教えろ。そのほかのことは、われわれ自身でやる」

それぞれが勝手に叫んでいた。その騒音のなかで、フランチェッテは大男の手を振りほどくことができた。大男は彼女のあとを追わず、怒りのわめきにくわわった。

ジェルグ・ブレイスコルが短い警告を発したことに気づいたのはアトランだけだった。若いベッチデ人の視線は、開いたままの司令室ハッチに向けられていた。

そこに突然、ベッチデ人の治療者ドク・ミングがあらわれた。そばには、かつて〝キルクールス・ハンター〟と呼ばれ、すぐれた戦士でもあったウエスト・オニールが立っている。

ジェルグはアトランにうなずきかけ、フランチェッテをうしろに押しやった。そのあと、オニールに向かって、キルクールス・ハンターにとっての戦いの声を発した。

数の上では闖入者のほうがまさっていたが、アトランは自分の経験を信じていた。中毒者は、ベッチデ人と同等の相手になりえないだろう。

ジェルグ・ブレイスコルは猫のように器用ですばやい動きを見せた。助走なしで、前方に立つ中毒者に跳びかかり、銃をその手からはらいおとした。

ウエスト・オニールはジェルグのもとめをすぐに理解し、闖入者に突進した。数人が入口のほうに跳んでいくと、ドク・ミングが最後の蹴りをいれた。二分間で、アトランとその協力者は司令室をふたたび掌握（しょうあく）した。

ジェルグは入口を封鎖した。

「どうやら、くるのが遅すぎたようです」ドク・ミングは認めた。「ここで起きていることは、《ソル》のほかの場所でも起きています。乱暴な連中がいたるところにいて、〝幸福生成装置〟とやらを探している。ソラナーはひどい禁断症状に苦しんでいます。まるで、オーラ現象がなくては、もう生きていけないかのようです」

ウエスト・オニールも似たような出来ごとについて報告した。

「正気を失った者が二、三人、反応炉に侵入しようとしました」かれはいう。「わたしはロボットを向かわせました。船内は上を下への大騒ぎです。比較的まだ症状が軽かった初期のころにくらべると、悪化してきています」

アトランは歯を食いしばった。最初の明るい兆（きざ）しのあとで、このような展開になるとは、予想していなかった。

「もし激昂した連中が、バーロ人とパラトロン檻を見つけたら、われわれの努力も水の泡だ」と、放心したようにいった。

「どうしますか？」ドク・ミングは訊いた。「ベッチデ人は全員、出動できますが」

「百六十人に対し、中毒者一万人以上だぞ」アトランは辛辣な口調でいった。「結果は目に見えている」

「つまり、もうひとつの道をたどるということですか？」ジェルグ・ブレイスコルは嚙みつくようにいった。

「どの道だ？」アトランにはジェルグのいう意味が理解できなかった。

「中毒者がパラトロン艦とバーロ人を見つけ、バリア・フィールドのスイッチを切って、オーラ現象がふたたび満ちあふれる。ソラナーは全員、放射にやられ、なにもかも破壊するまで船内で暴れまわる。バーロ人は角質皮膚のせいで破滅する。ベッチデ人とわたしとあなたは、それをなすすべもなく眺め、やがて自分たちも破滅する」

「暗いイメージだな、ジェルグ。だが、わたしはじつのところ、どうしていいのか決心がつかないのだ」

「われわれは数多くのロボットを味方につけています」ドク・ミングが言葉をさしはさんだ。「キルクールでのことを考えてください！　あそこでも、われわれは一見、絶望的なまでに劣勢だった戦いに打ち勝ったではありませんか」

「いいだろう」アトランは立ちあがり、《ソル》の船内図をしめすスクリーンのスイッチをいれた。「いま、われわれがいる司令室はここだ。二階層下の主デッキには、ディメセクスタ・エンジンがある。中央から見て前方のホールに、バーロ人が収容されている。このグリーンで表示された個所は、バリア・プロジェクター六台をしめしている。ホールの四方の壁と、上下にもそなえられている。重要な個所だ。すべてのベッチデ人とまともに動くロボットを呼び集めて、これらの個所に配置するのだ。そこに中毒者、または正気を失ったソラナーがあらわれたら、追いはらえ。どんな方法を選ぶにせよ、弱気にはなるな。だが、重傷者や死者は出したくない。わたしは中央シャフトに向かうところのそばで守備隊を編成する。ここは、ホールへの入口があるから、もっとも重要な地点だ」

ドク・ミング、ウエスト・オニール、ジェルグ・ブレイスコルはこの表示を頭にたたきこんだ。

ベッチデ人たちは、ほかの重要個所でだれが指揮をとるかの点で、すぐさま意見の一致をみて、司令室から出た。フランチェッテだけはアトランのそばにとどまった。

「《ソル》での生活は、予想とは違っていました」と、ジェルグのガールフレンド。

「わたしもだ」アトランもしぶしぶながらも認めた。「だが、ここで起きていることは例外だ。四百年以上ものあいだ、バーロ人は一度として問題を起こさなかった。いまになって、まったくなんの前ぶれもなしに、それが起きた」

「男の人たちは行ってしまいましたが」フランチェッテはいった。「わたしにできることはありませんか？」

「なにも」アトランはいうと、ふたたび、スクリーン前のシートにすわった。「いや、ある。飲料自動供給装置からコーヒーを一杯、もってきてくれないか？」

フランチェッテは黙って、そのもとめにしたがった。

彼女は湯気のたつコーヒーをアトランの前に置くと、用心深く訊いた。

「あなたが一万歳をこえているというのは本当ですか？」

「そうだ、フランチェッテ。にもかかわらず、自分を生まれたての赤子のように感じるときがある」

*

アトランは司令室を閉鎖し、最終的には立ちさろうとしていたが、その前に、《ソル》の全領域から、さらなる悲報がとどいた。それによって事態の展開が明らかになった。

バーロ人の発する放射がなくなったあと、興奮したソラナーの一部に混乱や動揺が見られた。一見、芸術的な、あるいは、その他の活動への過度なおさえがたい衝動はおさまっていて、数人はじっと動かないままだった。眠っているか、周囲で起きていることになんの関心もはらっていないかだ。

だが、多くの者は原因不明の考えに執着していた。幸福をもたらす放射をだましとられたと思い、この許しがたい行為の張本人を探したのだ。その過程で、攻撃性や闘争心が発揮され、多くの事故、乱暴狼藉、破壊行為が発生した。少数のベッチデ人と協力的なロボットだけでは、猛り狂った人々の優勢に太刀打ちできなかった。中毒者の行為はまったく無秩序なので、巨大船内で適切な防御をおこなうのは不可能だった。

だが、やがてベッチデ人たちは、バーロ人のいるパラトロン檻を怒り狂った中毒者から守るというアトランの計画を知った。ますます多くのベッチデ人が闘争の場から撤退し、パラトロン檻をとりまく配置個所に行こうとしていた。

アトランが到着したとき、ジェルグ・ブレイスコルはすでに、ロボット六体の助けを借りて通信ネットワークを構築していた。あちこち壊れたインターカムをたよろうとは思わなかった。

その半時間後、危険にさらされている六カ所のすべてに、アトランが防御網と呼びうる人員配置がおこなわれた。ベッチデ人百六十人とその倍にあたるロボットが、パラトロン檻の周囲に配置された。

アトランはもはやバーロ人たちを観察できないのを残念に思ったが、それを変えるわけにはいかなかった。

ジェルグ・ブレイスコルがあらわれた。疲れきってはいたが、満足げだ。

「うまくやってのけたようです」と、報告した。「ほとんどすべてのベッチデ人は所定の位置につきました。老人と子供はSZ＝1のしずかな場所にうつしました。正気を失った連中が、いつきてもだいじょうぶです」

「そううまくはいかないだろうが、かれらの行動が、なにかべつのことに向かってもらいたいものだ」と、アトラン。「あと四時間したらバーロ人を外に出して、角質皮膚を消費させねばならない。それまでに、連中の禁断症状がおさまっていればいいのだが」

「わたしもそう願っています。いまのところ、古きよき《ソル》の状況は芳しくありませんが。ほかにも、この大混乱のなかで気づいたことがあるのです、アトラン。わたしは数分前、SZ＝1から転送機できたのですが、あそこでは、遠い発信源の放射成分がもう感じられませんでした。ここでも、やはり消えています」

「《ソル》は宇宙空間をゆっくりと漂っている」アトランは答えた。「もし放射が非常に集束したものなら、船が偶然、そこからはずれたのかもしれない。好都合だというしかない。エネルギー過充塡を防ぐのに役だつからな」

アトランの隣りに立っていた通信ロボットが声を発した。

「ジェルグ・ブレイスコル、ただちにD地点に行ってください。正気を失ったソラナーの一団が接近してきます」

若いベッチデ人はすぐさま、駆けだした。

「厄介なときは遠慮せずに助けを呼べ」アトランはうしろから呼びかけた。

ジェルグは了解したと、片手で合図した。

アトランは周囲に注意を集中した。D地点へは通廊が四本はしっている。五十メートル後方にはパラトロン・バリア装置があり、ほかの五台と同時作動していた。その向こうでエネルギー・バリアが輝き、宇宙生まれたちが横たわっているホールへの入口を、一部かくしていた。

三十人ほどのベッチデ人がアルコーヴや角に陣どっていた。そばにはロボットたちが立っている。

アトランは若い男五人を送りだした。禁断症状の者たちの接近を、手遅れにならないうちに伝える役目だ。

アトランはフランチェッテのことを思った。彼女は司令室にひとりのこされていた。キルクールの荒野で生まれた若くて無経験な女が《ソル》の最重要ポイントを守るというのは皮肉なものだが、この状況では、やむをえない方策だった。

ジェルグ・ブレイスコルの言葉についても考えた。すべての崩壊の原因をつくったハイパーエネルギー放射源から《ソル》が移動したと思われるといったことを。

さらには、あと数時間で角質皮膚におおわれて硬直し、死亡するかもしれないバーロ人のことを考えた。

もどってきた伝令役の男たちによって、かれの物思いは破られた。

「すくなくとも五百人います」若いベッチデ人が興奮して告げた。「先頭はタンワルツェンです。かれは狡猾にも、われわれが宇宙生まれをパラトロン・バリアのなかにかくしていることを、なんらかの方法で知ったのです」

「ひと騒動はじまるわけか」アトランは苦々しげにいった。

*

同じころ、SZ＝1のかつての貯蔵室で、バーロ人の選抜者三人がこわばった目つきをしていた。

「シグナルだ」ひとりめの選抜者がいった。

「そうだな」ふたりめの男が賛意を表明した。皮膚は数センチメートルも厚みを増していたが、しなやかにからだを曲げた。

「じゃ、行こう」三人めの宇宙生まれは、背後の機械を指さした。

かれらは、縛られて床に横たわっているふたりを見向きもしなかった。重大任務にとりかからなければならないのだ。

ひとりが、棚のうしろから持ち運びのできる転送機を出してきて、点検しはじめた。

「準備完了」かれは伝えた。「受け入れ部は発見されなかった。はじめるぞ」

かれらは機械を転送機に押しこみ、転送フィールドが作用するであろうちいさな領域に、みずからも力ずくではいりこんだ。

「いいか？」三人めの選抜者が訊き、転送機のスイッチをいれるための箱形装置をさしめした。

「まだ、待て」ふたりめも、コンビネーションからちいさな箱をひっぱりだした。「武器を準備する」

かれはいくつかのキイを押したあと、満足してうなずいた。

「もう、だれもわれわれをとめることはできない。兄弟姉妹たちのもとへ行くのだ」

「そして、よりよき未来へ」ひとりめがまじめな口調でいった。

「よりよき未来へ」三人めは、数分前にシグナルが送られてきた方向を見やった。

バーロ人三人のだれもがその方向を知っていた。その源がもはや、かれらにとどかなかったとしても。

かれらは源を見つけるだろう。

いや、源がかれらを見つけるのだ。

じつは、源はすでにかれらを見つけていた。

＊

転送フィールドが音もなく生じ、宇宙生まれ三人を受け入れ部にうつした。三人とも、すぐに、待っている者たちの近くにきたことを感じた。

かれらが立っているのは、反重力エンジン、加速圧中和装置、重力発生装置がならぶ巨大なマシンブロックのあいだだった。これらの自立して動く機器類がある空間で、ほかの者たちと会うなど、考えられないことだった。

ここには自動照明がなかったので、三人は携帯投光器を点灯した。それから、もちこんだ機械をおろし、とりたてて特徴のない場所に動かした。だが、三人とも、ここが正しい場所であることを知っていた。

スイッチをいれると、機械は低くうなりはじめた。

「まだ待つべきだ」ふたりめがいった。「ロボットが危険になるかもしれないから」

ほかのふたりはうなずき、小型の牽引ビーム発生装置を用意し、機械にぴったりよせて置いた。

「いま、アトランが救援を呼んでいる」三人めの選抜者が伝えた。「ロボットはすぐにひきあげるだろう。もう問題はないはずだ」

「問題はない」ひとりめが明言した。「われわれは自分たちの道を進んでいくのだ」

かれは機械のセンサーキイを押した。瞬時に、分子破壊銃が床に穴をあけた。広域に設定したパラライザー・ビームが、下のデッキにいた人間たちを自動的に捕らえる。ビームがとまるのも自動的だ。すべては時間をかけて、周到に準備されたのだ。

動く者がもういなくなると、選抜者三人は機械とともに下へおりた。

意識を失ったベッチデ人たちのあいだに、もう一体、ロボットがのこっているのを、ひとりが見つけた。ふたりめがはなったエネルギー・ビームがロボットに命中した。

機械が床に着地すると、分子破壊銃がまた作動し、床に直径五メートルをこえる円形の穴をあけた。

穴の上に牽引ビームが生じ、そのエネルギー・フィールドが下に向かう。

満足した顔で最初にあらわれたのは、老フォスター・セント・フェリックスだった。

ひとりめの選抜者が、宇宙生まれの代表の手に、なにかの装置を押しつけた。セント・フェリックスがキイに触れると、小型マイクロフォン・リングが形成された。

老バーロ人は、牽引ビームによって、仲間が次々にひきあげられるのを待った。かれらは、ふたりめの選抜者があらたな座標を入力した転送機の前に、勢ぞろいした。

宇宙生まれの全員が目を大きく見開き、その顔は満足そうに輝いていた。ときおり、悲しみや恍惚の表情を浮かべる者もいたが。

最初のグループが転送フィールドにはいった。

8

激昂したソラナーたちのわめき声は、すでに遠くからアトランの耳に響いていた。集団はタンワルツェンによって巧みに配分され、四つの通廊すべてから同時にやってきた。音から察して、伝令たちの話と一致していた。ハイ・シデリトは五百人をこえる男たちを集め、方法は不明ながら、パラトロン檻のことを知ったのだった。

アトラン配下のベッチデ人は三十一人で、数人はパラライザーで武装していた。ほかに、ロボット五十体。その半数が、同じくパラライザーを所持していた。それ以外のロボットは武器をもっていないから、バリケード、あるいは〝腕力を使える道具〟として投入するしかなかった。キルクール生まれの者たちは、心底からアトランに味方していたが、近代的武器をあつかった経験がなく、そのことをかくしもしなかった。

禁断症状をもつ連中の大半は、目の前の主通廊から近づいてきた。アトランが啞然としたのは、タンワルツェンをふくむこの一団に多くのロボットが随伴していたことだ。細胞プラズマを付加されたマシンだとしか思えなかった。ロボットたちがタンワルツェンの側に寝がえったのは明らかだった。

アトランがこの憤激した攻撃者たちから長くもちこたえられそうもないのは、経験を積んでいなくても、一見してわかることだった。

タンワルツェンが命令を発するや、一団は疾走してきた。ベッチデ人とアトランのロボットは、ただちに戦いを開始した。キルクールの経験豊かな狩人は、弓矢を用い、タンワルツェン側を混乱におとしいれた。

四通廊のひとつでは、つかみあいが起きていた。だが、アトランのロボットのほうが、タンワルツェン側のよりも迅速だったので、まずは襲撃を防ぐことができた。

ハイ・シデリトは自分の側の者たちに、アルコーヴや角に身をかくすように命じた。

「アトラン！」タンワルツェンは大声でわめいた。「どこかそのあたりにいることはわかっている。あなたがバーロ人の幸福ビームを、われわれからブロックしたことも知っている。降伏しろ。この要求は一回きりだ。いましかない」

アトランは応えなかった。かれは小声で、ほかの防衛者たちと連絡をとりはじめた。

小競(こぜ)りあいを起こしているグループもいくつかあったが、全体を見るに、大規模攻撃が予定されているのはこの場所のようだ。

「わたしのいるあたりは、ごく平穏です」ジェルグ・ブレイスコルが報告した。「こちらのロボットを撤退させて、救援にいかせましょうか。われわれは中毒者たちの小集団を、ただちに放逐したばかりです。かれらが再度、攻撃をしかけてきても、ベッチデ人だけで、やっつけられますから」

「了解した、ジェルグ」アトランは答えた。「ロボットをよこしてくれ。ここは雲行きがあやしい。どういう意味かわかると思うが」

「わかりますよ」ジェルグは皮肉をこめて笑った。「ロボットを連れていきます」

タンワルツェンはまだ、アトランとその配下の者たちに降伏せよと叫んでいた。かれの集団は口汚くわめきながら、それに同調していた。

タンワルツェンが攻撃命令を発したのは、ジェルグが二ダースのロボットとともに到着したときだった。アトランはタンワルツェンのいる主通廊にロボットを送りこんだ。

「タンワルツェンのロボットは、もっと強力な武器を持っています」と、ジェルグ。「ポジトロニクスの基本プログラミングが有効で、攻撃時に致命的武器を用いないことを願うばかりです」

一瞬、タンワルツェンはひきあげた。アトランは安堵しかけたが、そのとき相手の計略を見ぬいた。

主通廊でおこなわれたすべての攻撃は、陽動作戦だったのだ。こんどはより細い三通廊から集団が押しよせてきた。そこにわずかしかいなかったベッチデ人もロボットも、あっという間にパラライザーで麻痺させられ、蹴散らされた。

アトランの軍勢は、事態を転換するにはあまりにも弱体だった。

「降参しろ、アトラン」タンワルツェンはわめいた。

ロボット三体に守られて、アトランのほうに向かってくる。

ジェルグ・ブレイスコルはいまにも跳びかかろうとしたが、アトランが押さえて、

「そんなことをしてもむだだ、ジェルグ」と、若者の肩に手を置いた。

突然、ジェルグ・ブレイスコルはぎくりとした。

「オーラ現象だ」かれは小声でいった。「また、強度が増しています」

「なんだって？」アトランは耳を疑った。

タンワルツェンとその集団が、ジェルグの言葉を証明した。

突然、中毒者たちが武器を落としたのだ。タンワルツェンのロボットは、ただ、その場に立ちつくすだけだった。

集団は大声で勝利を叫ぶと、たがいに抱きあい、一分のうちに散り散りになった。攻撃は忘れられた。

アトランは振り向いた。背後ではいまなお、パラトロン檻のフィールドが輝いていた。

突然の変化に説明を見いだすことはできなかったが、タンワルツェン側の連中が撤退していったことに、安堵のため息をついた。

「バーロ人の放射がふたたび大量に存在しています」ジェルグはいった。「理解できま

せん」

反重力シャフトでベッチデ人のひとりがおりてきた。麻痺した左腕を押さえて、「ジェルグ！」と、よろめきつつ、やってくる。「バーロ人が逃げだした。機械をもってきて、穴をあけた者がいたんだ。すべてのベッチデ人は麻痺させられた。わたしはうまくぬけだせたが。バーロ人は転送機で逃げた」

アトランは立ちあがって、いった。

「奇妙な放射の存在は、それで説明がつく。いったいぜんたい、バーロ人たちになにが起きたのだろう？」

あたかもこの問いを聞いていたかのように、この瞬間、フォスター・セント・フェリックスの声が、近くのスピーカーから響いてきた。

「わたしはバーロ人のリーダーです」セント・フェリックスの声がいう。「機は熟し、われわれは前進するのに充分なエネルギーを集めました。わたしはこれをもって、全ソラナーに、とくに、アトランおよびタンワルツェンに伝えます。われわれはいま、《ソル》を去る。それが運命だからです。だれにも妨害はさせません。われわれは自由宇宙空間に属しています。そこでしか運命を見いだすことができないのです。この計画をじゃましないでください。すべての準備はととのえました。ごらんのとおり、パラトロン檻も障害にはなりません。なぜ、このようなことをするのか、あなたがたには理解できないかもしれないが、それはどうでもいい。あなたがたが宇宙生まれと名づけたわれわれは、これから出発する。ひきとめられれば、抵抗します。悪くとらないでください。われわれの仲間が《ソル》の重要個所すべてにパラライザーをとりつけました。それについての心得があるのは、われわれだけです。武器は作動準備ができています。もし、こちらの計画をあなたがたがじゃましようとすれば、容赦なく攻撃するでしょう」

フォスター・セント・フェリックスは間をおいた。息の音だけが聞こえてきた。

「では、ソラナー、ベッチデ人、《ソル》、そしてアルコン人よ。さようなら」

その言葉は、ガラス人間が永遠の幸福に向かうかのように聞こえた。

アトランは困惑し、黙っていた。頭のなかを思考が駆けめぐる。バーロ人の意図が理解できなかった。

「かれらの放射が移動しました」ジェルグ・ブレイスコルはいった。「いまはSZ＝1からきています」

「転送機を使ったのだ」アトランはささやいた。「SZ＝1のエアロックから宇宙空間に出るつもりだ。みずから死を選んだのではないだろうか」

周囲を見まわした。ベッチデ人たちはなすすべもなく立ちつくし、視線を落としていた。なにが本当に起きているのか、理解できなかったからだ。

「どうするべきか？」アトランは声に出して自問した。「かれらを死なせるわけにはい

「行きましょう！」ジェルグ・ブレイスコルはアトランの肩に触れた。「ＳＺ＝１に行かなければ。まだ、ひきとめることができるかもしれません」

＊

アトランとジェルグ・ブレイスコルは通廊を走って、もよりの転送機ステーションに向かった。ふたたび忙しげに活動しはじめたソラナーたちは、ふたりに注意をはらわず、ふたりのほうも、かれらに注意をはらわなかった。バーロ人の発するオーラが、興奮したソラナーの心をやわらげていた。それでも、無意味な衝動がまたも爆発し、かれらを過度なまでに活動的にしていた。

転送機ステーションにはロボットが三体いて、神経のたかぶった人々を装置から遠ざけている。だが、アトランとジェルグは阻止されなかった。

ふたりはＳＺ＝１の司令室の近くに移動した。

ジェルグは立ちどまったまま神経を集中して、おや指で上をさししめした。

「かれらは上のどこかにいます。いることははっきり感じますが、正確な距離まではわかりません」

「問題ない」アトランは答えた。「わたしはＳＺ＝１のすべてのエアロックを知っているない」

る。さ、行こう」

ふたりは反重力シャフトで上昇した。ここにも興奮したソラナーの痕跡があった。一側廊に目をやると、あるグループがお祭り騒ぎをして、男が熱弁をふるっていた。

アトランは、どうすればこの混乱状況をふたたび掌握できるだろうかと思案した。だが当面は、バーロ人を気にかけなければならない。

ガラス人間たちを見つけだすのに、ジェルグ・ブレイスコルはなくてはならない助っ人だった。かれらは上部デッキのひとつにいるにちがいない。

ふたりはシャフトを出て、通廊を駆けていった。

「まさに、この向こうにいます！」ジェルグは叫んだ。

閉じたハッチがあった。出入口上部の発光文字が、向こうは真空だと警告していた。

「かれらはすでに、船をはなれはじめたな」アトランは推測した。「急ごう。ここには宇宙服と、エアロックへのもっとひろい入口がある」

ふたりは隣室で宇宙服を着用した。アトランは大型パラライザーをベルトにさしこむ。ヘルメット・テレカムを点検したあと、大急ぎでわきのエアロックにはいった。

空気が排出されると、アトランは大ホールへのドアを開けた。目の前に奇妙な光景があらわれた。

以前、この大ホールは《ソル》の小型搭載艇の発着場だった。いまは、まったくなにもない。SZ＝1の外被に、二百メートル四方の開口部があった。その向こうに暗黒の宇宙がひろがっている。

開口部の下辺にそって、バーロ人が二十人ずつの列をつくり、整然とならんでいた。前列から順に、デッキの床の縁に足を踏みだし、宇宙の虚無空間へ飛びだしていく。からだは外に向かってゆっくり漂っていった。

「かれらは服を脱いでしまっています」ジェルグはアトランの注意をうながした。

アトランは軽くうなずき、打ちひしがれたように、いった。

「どうやってとめればいいのか、わからない。死の淵に転落していくレミングのようだ。かれらの内部に、なにが生じているのだろう？」

「わかりません。でも、かれらは最大限、二十四時間は生きていられます。そのあとは、蓄えた酸素が使いはたされ、死ぬしかありません」

「すくなくとも数人は力ずくでひきとめる」アトランは決心した。

ふたりは真空の大ホールをとおり、集まったガラス人間たちのほうに向かっていった。アトランの見積もりでは、すでに半数が《ソル》から去っている。

服を脱ぎすてた宇宙生まれの最後列に、フォスター・セント・フェリックスがいた。

老バーロ人は喉頭マイクロフォンに接続した小型通信機を手にもち、

「うれしいこと」と、親しげにアトランに挨拶した。「われわれを案じて、お別れにきてくださるとは」

「案じるどころの騒ぎではない」アトランは答えた。「これは永遠の別れなのか？」

フォスター・セント・フェリックスは一瞬、答えをためらったのち、堂々といった。

「あなたにとっては永遠の別れでしょうが、われわれにとっては、そうではありません」

「それでは筋のとおった説明になっていない、フォスター」アトランの言葉から、内面の焦り（あせ）が感じとれた。「きみたちを死なせるわけにはいかないのだ」

「ほかに選択肢はないのです、アトラン」ガラス人間はわからせようとした。「あなたには死に見えても、われわれにとっては真実の人生を意味することを、お忘れなく。気づかなかったのですか？　われわれバーロ人は、惑星や宇宙船では暮らせません」

「どちらもきみたちに必要なものだ」アトランは異を唱えた。「宇宙空間の真空も必要だが」

「あなたは間違っておられる、アトラン」セント・フェリックスはおもしろがっているように見えた。「われわれに必要なのは、それとはまったく異なるものです。それが、いま……」

老バーロ人は最後まで話さず、挨拶するように両手をあげた。

「行かせはしない」アトランはきびしくいうと同時に、パラライザーをぬいた。

セント・フェリックスはあわれむようにかぶりを振るのみだった。

アトランは、エアロック・ハッチに向けて一歩を踏みだしているバーロ人の最後列に銃を向け、発射した。

狙いどおりの反応は得られなかった。パラライザーが申しぶんなく機能したのはたしかだったが。アトランは再度試みたが、効果はなかった。

命中したバーロ人の皮膚は、色がやや濃くなったのみだった。

フォスター・セント・フェリックスはもう、アトランのことを気にかけもせず、ガラス人間を一列ずつ、宇宙空間に送りだしていた。

アトランは最後の賭けに出た。セント・フェリックスに跳びかかり、その腕をつかむ。

セント・フェリックスは抵抗しなかった。ただ、アトランの目を見つめただけだったが、そのさい、通信機を落とした。マイクロフォンの振動板が頸からはずれた。

アトランはセント・フェリックスがもはや、なにもいいたくないものと解釈した。

ガラス人間の皮膚は異様なまでに硬く、まるで石をつかんでいるようだった。それでもなお、あたりまえのように動いていた。

セント・フェリックスから発する不気味な雰囲気を感じ、アトランはぎょっとして手をはなした。宇宙生まれに触れなかったジェルグ・ブレイスコルも、後退した。

ふたりは麻痺したように立ちつくし、バーロ人たちが一列ずつ、宇宙空間へと消えていくのを傍観するしかなかった。

　ガラス人間のからだはゆっくりと、宇宙の闇のなかで漂っていた。うしろを振り向く者はひとりもいなかった。

　最後のバーロ人が消えてしまうと、エアロック・ハッチは自動的に閉まった。同時に、アトランのヘルメット・テレカムから声が聞こえた。

「いまから、すべてのパラライザーの設置場所を伝えます。われわれの脱出を保証するための武器でした。もう、撤去してかまいません」

　そのあと、《ソル》内のパラライザーの位置が伝えられた。アトランはいま、バーロ人がこの行動をかなり前から準備していたことを、はっきりと悟った。これらのかくされた武器をもってすれば、かれらは《ソル》の全乗員を麻痺させることができたかもしれない。

「かれらを行かせてやってください」ジェルグ・ブレイスコルはいった。「あなたには、この《ソル》で、なすべきことが山ほどあるのですから」

　アトランは黙って、閉ざされたエアロック・ハッチを凝視した。それから、向きを変え、船内へともどっていった。

9

アトランとジェルグ・ブレイスコルが転送機から《ソル》の中央本体に足を踏みいれると、奇妙な静寂が支配していた。

「なんだか妙ですね」ジェルグはベッチデ人仲間を大声で呼んだ。

ウエスト・オニールが側廊からやってきた。興奮したように手を動かしている。

「どうしたのだ？」アトランは訊いた。

「バーロ人に麻痺させられたベッチデ人たちが、ふたたび意識をとりもどしました」キルクール・ルス・ハンターは告げた。

「ソラナーのようすを知りたい」アトランはもとめた。「ここは異様なほどしずかだ」

「こっちです」オニールは自分のきた通廊をさししめした。「ご自分の目で見たほうがいいでしょう」

アトランとジェルグは、かれのあとからついていった。

通廊の壁のところどころに絵が描かれていた。描いたソラナーたちは身じろぎもせず、床にすわりこんでいた。側壁に背をもたせかけ、開いた目で前方をじっと見つめている。

「全員が同じ方向を見つめています」ジェルグ・ブレイスコルは認めた。

アトランがひとりの男に突きをいれると、男はゆっくりと横にかたむいた。その顔はさっきと同じ方向を見つめたままだった。アルコン人が男の全身をぐるりとまわすと、男は操り人形のように立ちあがり、ふたたび、もとの位置にすわりこんだ。

「未知放射源の方向だ」アトランはいった。「このとてつもないハイパー放射がさらなる影響をおよぼしたらしい」

「バーロ人が船を去って以来、もう放射を感じなくなりました」と、ジェルグ。「われわれが放射源の到達範囲から移動したのはずいぶん前です。ですから、バーロ人の放射が作用しているだけでしょう」

「つまり」アトランがあとをつづけた。「ソラナーたちは、バーロ人あるいは放射源を見つめているわけだ」

「あるいは、両方を」ジェルグはいう。「ただ、わたしはもう放射を感じてはいません。ですから、それは残留作用のせいで、本来の出来ごとと無関係ではないでしょうか」

「すくなくとも、ソラナーはもうばかなことはしていません」ウエスト・オニールはいった。

アトランにとって、それはたいしたなぐさめにはならなかった。事実上、自分ひとりが《ソル》の運命を決める立場となったからだ。船を操縦できる乗員たちはいなくなった。ベッチデ人たちを、この任務にあてることはできなかった。

ドク・ミングが同胞を数人ひきつれてあらわれ、《ソル》のいたるところで同じ光景が見られると報告した。中毒者たちは深い無気力状態におちいっていた。うずくまったその姿勢は、脱出前のバーロ人を想起させた。

「司令室に行く」アトランはいった。「なにをすべきかを考える。きみたちはまともに動くロボットを動員してほしい。混乱のおおまかな痕跡だけでも、とりのぞかねばならない」

かれはドク・ミングとジェルグ・ブレイスコルに、同行をもとめた。

「眠っている数人を治療する」アトランは説明した。「医学的方法で、このトラウマに終止符が打てるかもしれない」

司令室の出入口前で、タンワルツェンに出くわした。ハイ・シデリトも同じく床にうずくまり、前方を凝視していた。

「かれをなかにいれるのだ」アトランは出入口ハッチをさししめした。なかからフランチェッテがこちらを見ている。「治療はかれからはじめる」

かれらはタンワルツェンを寝椅子に横たえた。ドク・ミングが診察した。

「どうにもなりません」かれは認めた。「わたしの医学的知識では無理です」

アトランは探知機のスイッチをいれ、周辺の宇宙空間を調べた。まもなく、バーロ人たちの形成した集団が見つかった。

「すでに二十キロメートル以上はなれている。つまり、当初よりも速度をあげたのだ」

アトランはそういうと、計算しはじめ、

「とはいえ、意味はない」悄然《しょうぜん》としていった。「もしガラス人間がこの速度を維持すれば、光速に近づくのに一万一千年かかることになる。かれらが本当にあの不可思議な放射源にひきつけられているなら、もっと長くかかるだろう」

かれは探知機のスイッチを切り、色の薄れていくスクリーンを、もう一度、考えぶかげに見やった。

そのあと、タンワルツェンの面倒を見た。身体機能にはまったく問題がなかった。直接の障害は、意識内に存在している可能性があった。

アトランは麻痺そのほか、似た症状に効くさまざまな薬剤をためしたが、どれも効き目はなかった。タンワルツェンは微動だにしなかった。

「自然にこの状態が治ることを望むしかありません」ドク・ミングはアルコン人をなぐさめようとした。

「それを待つわけにはいかない」アトランはうけいれなかった。「かれらには食べ物も必要だ。でなければ死んでしまう。極端な場合を想定しておかねばならない」

「つまり?」ジェルグが訊いた。

「ソラナーのふるまいは、最初のころのバーロ人に似ている。無気力にまどろむか、瞑想にふけっている。最悪の場合、かれらまでもが宇宙空間での死をもとめるかもしれない」

「わたしは、そうは思いません」ジェルグ・ブレイスコルは異議を唱えた。「ソラナーには、バーロ人にあった独特のオーラが欠けています」

結局、アトランはタンワルツェンを正気に戻すのをやめた。

操縦席に身をしずめ、ベッチデ人たちを眺めた。

「なにひとつ前進していない」そう認めざるをえなかった。

その瞬間、アトランが予想もしていなかった側から救いの手がさしのべられた。

セネカが意思表示したのだ。

「司令室にいるのですね、アトラン」ポジトロニクスは話しはじめた。「あなたはなにもしていない。船内は潰滅的な状況です。乗員はだれひとり役にたちません」

「きみ自身もそうじゃないか。いまなお役にたっていない」アトランは腹をたてた。

「そのとおりです」セネカは認めた。「放射がわたしの細胞プラズマに作用し、すべてのバリアを侵害したのです。部分的には思考できましたが、まるで不合理なものでした。それでも、計算の答えが出たのです」

「なによりだ」アトランにあらたな勇気が湧いてきた。「この状況を概観できるか？」

セネカは肯定した。

「では、いってくれ。どうしたら、この窮地を脱することができるのか」

「もうはじめています」生体ポジトロニクスは答えた。「すべての医療センターに、適切な指示をあたえました。プラズマを付加されたロボットの作動も問題はありません。いま、多くの場所で、乗員たちはふたたび正常な状態を回復しています」

「なによりも、タンワルツェンが分別をとりもどす必要がある」アトランはもとめた。

「なんとかなるでしょう」ポジトロニクスの答えは曖昧だった。

セネカがふたたび意思表示するまで、ほぼ一時間が経過した。

「問題は根本的に解決しました」ポジトロニクスはいった。「全員、重度の放射酔いを患っているだけでした。医療センターには、補正放射の助けをかりて生存能力を完全に回復させる機械が、すでに用意されています」

アトランは安堵のため息をついた。

その直後、医療ロボット三体がやってきて、タンワルツェンの手当てをした。ハイ・シデリトは動きだし、ゆっくりと寝椅子の前に立ちあがった。

かれはアトランとベッチデ人たちを、恥じいるように見つめ、

「わたしは、なんということをしでかしたのか」と、うめいた。「完全に正気を失って

いました」

「終わったことだ、タンワルツェン」アトランはいった。「忘れればいい」

「忘れる？　いうのはかんたんですが、困難です」

数分とたたないうちに、タンワルツェンは快復し、《ソル》内の状況について照会した。

瞑想中の者たちはすべて医療センターに運ばれていた。ベッチデ人とロボットは、またも大忙しだった。

タンワルツェンはふたたび全任務の指示をひきうけ、同時に、司令室には有用な人材を配属させるように気をくばった。

銀河系のデータも、また見つけだすことができた。

「船内が正常な状態に復帰するまで数日かかりそうです」タンワルツェンはうなった。「でも、なんとか切りぬけるでしょう」

ハイ・シデリトはバーロ人たちの運命についても、知らされた。

十二時間後、状況は正常に復した。ソラナーたちはすべての治療をなんの障害もなく克服した。多くの者にはげしい疲労が見られたが、それは当然のことだった。

「全員に六時間の休憩をあたえる」タンワルツェンは決定した。「その後、任務につくのだ。われらの古きよき《ソル》がふたたび、かつての輝きをとりもどすことを願う」

アトランは、タンワルツェンがすべての活動を掌握したことをよろこんだ。いまはジェルグ・ブレイスコルとともに、司令室の一隅でなにか考えこんでいる。

「なぜベッチデ人はオーラ現象の影響をうけなかったのでしょう？」と、ジェルグ。

アトランは確信がなさそうに答えた。

「もしかしたら、ベッチデ人がごく最近になって船で暮らしはじめたからかもしれない。かれらはバーロ人とはほとんど接触をもたなかった。この些細な謎は、たぶん解けないだろう。わたしが興味をいだいているのは、まったくべつのことだ」

「なんでしょうか？」ジェルグは興味深げに訊いた。

「なぜバーロ人たちは船を去ったのか？　本当は、なにに駆りたてられたのか？　かれらになにが起きたのだろう？」

「それも、たぶん知ることはできないでしょう」ジェルグは推測した。「かれらが撤退してから、ほぼ二十四時間がたっています。ということは、かれらはすでに最期の時を迎えたのです」

アトランは振り向いた。

「タンワルツェン」と、大声で、「数時間、わたしのほか二、三人がいなくなっても、かまわないか？」

「なにをするつもりですか？」ハイ・シデリトは眉をひそめた。

アトランは探知スクリーンをさししめした。そこではバーロ人の群れをちいさなエコーとして見ることができた。

「バーロ人の運命に、どうしても心が休まらないのだ。あとを追いたい。もしかしたら、数人の命が救えるかもしれない」

「ひきとめはしませんが」タンワルツェンはかぶりを振った。「まったく無意味だと思います。ガラス人間の命数はつきたのです。もはや、なすすべはありません」

「自分の目で、それをたしかめたいのだ」アトランはいつになくはげしい口調で抗弁した。「そのあとなら、心が休まるだろう」

タンワルツェンは黙っていた。

「いずれにせよ、あと三時間はまだ船はスタートできない」アトランはつづけた。「スペース＝ジェットを使う。距離はそれほど遠くない。だれか同行するか？」

「わたしが」とっさに意思表示したのは、ジェルグ・ブレイスコルただひとりだった。

「熟練したパイロットが必要でしたら」しばらくして、フレーザー・ストルナドがいった。「わたしがひきうけます。死者の群れを追いかけられるかどうか、約束はできませんが」

「くるんだ！」アトランは司令室の出口をしめした。「三人いれば充分だ」

「四人です」フランチェッテがいった。「ジェルグだけを行かせられません」

スペース＝ジェットは格納庫から滑るように飛びだした。ストルナドが操縦席にすわり、アトランは探知および通信装置を操作した。

＊

ガラス人間たちは明確なエコーを発していた。この時点で百キロメートル進んでいた。円盤艇にとっては、数秒で追いつける距離だ。

すでに短距離の飛翔で、遠くの放射源の到達範囲にはいりこんだことに、アトランは気づいた。放射の規模を正確に測定するため、円を描いて飛ぶようにとストルナドにもとめた。

発信源が数十万光年の彼方にあるのはまちがいなかった。そこから発する放射は、わずか半径数キロメートルの円形平面をおおっているだけだった。

「《ソル》はまさに信じがたい偶然によって、この放射のなかにはいりこんだのだ」アトランは認めた。「こんなことが起きる確率はきわめて低く、もはや偶然とは信じられない。出来ごと全体の背後に、なにか特定の計画がかくされているように見える。だが、その計画の意味と目的をしめすヒントがない」

かれらはバーロ人に近づいた。スペース＝ジェットは裸体者たちの緩慢な速度にあわせ、数メートルの距離をおいて、ついていった。

「驚くべきことだ」アトランの口から、思わずもれた。

キャノピーごしに外をさしめす。宇宙生まれたちは正確な円錐形のフォーメーションをつくっていた。からだが円錐の側面をなし、円形の底面にはなにもない。

ストルナドは群れを一周し、円錐の頂点へと操縦していった。そこには、バーロ人がひとり浮遊していた。フォスター・セント・フェリックスだ。

「もっと接近」アトランはもとめ、すべてのセンサーと測定機器を、浮遊するからだに向けた。

宇宙生まれが奇妙な蛹（さなぎ）と化したのを、いまや、肉眼でも見ることができた。ガラス皮膚はさらに厚みを増したようだった。それは暗黒の宇宙空間で、金属を思わせる濃い青色のほのかな輝きを見せていた。

「理解できない」アトランは小声でいった。「このようなやり方で目標を達成するなど、とうてい不可能だ」

「アトラン」ジェルグ・ブレイスコルはいった。「わたしは、人類から遠くはなれた宇宙空間のここで、かつてないほど強いエネルギー放射に気づきました。放射源の力と、バーロ人たちの変容した肉体に存在する命を感じます。かれらは死んでいません」

アトランは整然とした群れから視線をそらすことができなかった。自分の理解をこえたなにかが起きているのを予感した。思わず想起したのは、最終的な姿になるまでに、外見のきわめて異なるさまざまな段階を踏む生物がいることだ。蛹化した肉体のなかに、まだ命があるというジェルグの言葉を、かれは信じた。測定機器もこの主張を裏づけていた。だが、バーロ人の変身の謎はのこったままだ。

「かれらに触らないでください」ジェルグ・ブレイスコルの声には畏敬の響きがあった。

「もちろんだとも。かれらが去っていくにまかせよう。その未来がいかに不明であろうと」

アトランは気をとりなおし、魅惑的な光景に別れをつげた。

「もどろう」そう決心した。「《ソル》が待っている。そして、銀河系と地球が。宇宙生まれよ、さらば」

ストルナドがスペース＝ジェットの方向転換をするあいだに、フランチェッテは〝はしり書き〟の葉を一枚、コンビネーションからとりだした。すこし見つめたあと、彼女はそれをジェルグ・ブレイスコルに見せた。

かれはかぶりを振った。

彼女はその葉をアトランに見せた。

そこには、バーロ人たちが形成した、中空の円錐が描かれていた。

その下に、角ばった風変わりな文字が浮かびあがっている。

〝宇宙人間から、ご挨拶を！〟

「宇宙人間」アトランは小声でいった。「本当に、そう呼ばれる者になったのか。宇宙と生命にははかりしれない秘密があるのだな」

かれは前方に目を向けた。そこには、半ダンベル形の《ソル》が浮かびあがっていた。

メンタル嵐

H・G・エーヴェルス

登場人物

ペリー・ローダン……………………………宇宙ハンザ代表
ロワ・ダントン………………………………ローダンの息子
ウェイロン・ジャヴィア……………………《バジス》船長
ウネア・ツァヒディ…………………………《バジス》乗員。《アイノ・ウワノク》艦長
レス・ツェロン………………………………同乗員。ネクシャリスト
シリア・オシンスカヤ………………………同乗員。異生物心理学者
オムドゥル・クワレク………………………同乗員。エルトルス人
シルタン・フィニング………………………同乗員。シガ星人
エターナツェル………………………………惑星クーラトの住人
テングリ・レトス……………………………光の守護者

1

「あした、《バジス》へ行く」ペリー・ローダンは執務室への訪問者たちに向かっていった。「三日前の《バジス》訪問のさいに知ったのだが、きょうおそくに、惑星クーラトにつくそうだ」

レジナルド・ブル、ジュリアン・ティフラー、ジェン・サリク、カルフェシュの顔を見つめる。その姿を忘れず記憶に刻みこもうとするかのように。

腹心たちの顔をこれほど見つめる理由に気づいて、ローダンは憂いをふくむ笑みを浮かべた。無意識の予感が、その原因だとわかったからだ。もしかしたら、二度とかれらに会うことはないかもしれないという予感が。

だが、気をとりなおし、本能的な予感を遠くに押しやった。つまるところ、クーラトでかれを待っているのは敵対的なものではなく、深淵の騎士となるための任命式なのだ。

ローダンにはすでに、その資格があった。

「では、なぜきょうのうちに行かないのですか、ペリー？」ジェン・サリクが訊いた。ローダンはサリクを見た。以前はごく平均的な人間であり、太古と現在の勢力の運命的出会いによって深淵の騎士にされるとは知らなかった男だ。ノルガン・テュア銀河にある惑星クーラトのケスドシャン・ドームで騎士に任命されてからは、たびたび、ペリー・ローダンに、クーラトに行くようにと、せっついていた。

「二、三時間、早いか遅いかが、重要なのか、ジェン？」不死者は訊く。「そんなに儀式がだいじか？　いずれにせよ、わたしにはすでに騎士の資格があるのだ」

サリクは手をテーブルの上でいらだたしげに動かし、フルーツ・ジュースのグラスを無造作にわきに押しやった。

「ケスドシャン・ドームの騎士任命式はたんなる儀式以上の重要性をもっています、ペリー。自分で経験すれば、それがどんなに重要かがわかるでしょう。さらに……」サリクはローダンの目を深々と見つめた。「あなたがいつケスドシャン・ドームに到着するかが、とてつもなく重要だと予感していなければ、こんなにせきたてはしません」

「その予感には、具体的な裏づけがあるのか？」ジュリアン・ティフラーが口をはさむ。

ジェン・サリクはかぶりを振った。

「知っていれば、いうはずではないですか？　なにか具体的な裏づけがあるはずだとは思うのですが、わたしにいえるのは、残念ながらそれだけです」

レジナルド・ブルが咳ばらいした。

「二、三時間、遅れてケスドシャン・ドームについたからといって問題にはならんだろうが、もし本当に急を要するのだとしたら……」そこでローダンのほうを向き、「ペリー、時間転轍機はすべてミュータントとツナミ艦隊の協力で破壊され、もう有翼艦もあらわれていません。これ以上地球にとどまる理由はないのでは」

ブリーは鼻息あらく、いった。

「逆に、早くクーラトに行けば、それだけ早く帰ってこられます。すぐにもどってきてください。セト＝アポフィスがどんな新手の悪魔的なことを考えだし、実行におよぶか、わかったものではありません。もはや、われわれが超越知性体の時間転轍機に動揺しなくなったんですから」

ペリー・ローダンは旧友の熱意にほほえんだ。

「わたしぬきでも、新手の脅しに対処できるだろう、ブリー」

「しかし、もしかしたらジェンの予感は、八千六百万光年の彼方にあるクーラトではなく、われわれの惑星で起きる出来ごとに関わりがあるのかもしれませんよ」ブリーは激しながらつづけた。「われわれだけでも、危機を切りぬけることはできるかもしれませんが、あなたの助けがあるのとでは大違いです、ペリー」

「ブリーの論拠から、一刻の猶予もないことがおわかりになったでしょう」サリクはいった。

ペリー・ローダンは思案するように眉をひそめ、それから、うなずいた。

「了解した。準備を短縮し、きょうのうちにも《バジス》に行くことにする……そこで、きみにたのみがある、ジェン。無間隔移動で、わたしに同行してほしい」

サリクの目が輝き、同行をよろこんで承諾するように見えた。だが、そのあと、険しい顔つきになった。

「残念ですが、ペリー」かれはしわがれ声でいった。「同行はできません」

ローダンは啞然として、サリクを見つめた。

「拒否する根拠があるのか、ジェン？」

サリクはため息をついた。

「根拠がわかればいいのですが、これまた予感にすぎないのです。あなたは完全に自立してはじめて、重要な決断ができるのだという予感です」

「クーラトで、なにがわたしを待ちうけているというのだ？」ローダンは小声でいった。「なぜ、わたしに訊くのですか、ペリー？」サリクは苦しげに応じた。「わたしにわかるのは、あなたがケスドシャン・ドームの騎士任命式でまたとない経験をするだろうということだけです。そのほかのことは予感であり、ただの思いつきです」

「だが、どんな予感や思いつきも、意識の声を素直にうけとめたなら、人間の理性から生じる根拠にもとづくものといえよう」カルフェシュがやわらかい、歌うような声で口をはさんだ。

ローダンはソルゴル人を注意深く見つめた。だが、そのビー玉のような、濃い青色に輝く目からも、麦藁色(むぎわらいろ)をした八角形の皮膚片におおわれた顔からも、コスモクラートのティリクのもと使者の心をとらえている思考を推しはかることはできなかった。

「ジェンの意識下にかくされた情報が、前兆への予感を意識に吹きこんで、気づかせようとしていると思うのか？」かれは問うた。

「それ以外には、考えられない」カルフェシュは答えた。ペリー・ローダンはシートをうしろに押しやり、立ちあがった。その視線は漠とした遠い未来をさまよっているように見えた。

「わかった、カルフェシュ。忠告に感謝する、ジェン。なにが待ちうけていようと、どんなときも沈着でいるようにつとめよう」かれは苦しげにほほえんだ。「奇妙なことだが、わたしは最近、たびたび夢想するのだ。光の守護者が、わがミッションに同行してくれないだろうかと」

「光の守護者？」と、カルフェシュ。人間の鼻に相当するガーゼ状の生体フィルターが、つねになく大きい音をたて、その興奮ぶりが見てとれた。

「テングリ・レトス」レジナルド・ブルが答えた。「ハトル人だ。レトスのことは話したが、その称号については説明していなかったな」

「称号ではなく、使命だ」ローダンは訂正した。「レトスがこの次元を去ったのは残念だ。まぎれもない叡智（えいち）というのは、かれのことだと思うから」

ローダンはその場にいる者たちを順に見つめた。

「これから集中して準備を急ぐ。数時間後には《バジス》船内にいるだろう。その前に、もう一度きみたちに会えなかったときは、これがお別れになる」

全員と握手する。最後にカルフェシュの前に立つと、ソルゴル人は腕をさしのべ、先端が七本の鉤爪になった手をローダンの肩に置き、感動に震える声でいった。

「力と勇気と深謀遠慮にもとづく決断を、ペリー。きみにそのすべてがそなわっていることは、これまでにもしばしば証明されてきた。こんどもきみは全力をつくすだろう」

＊

「探知機に恒星イグマノールをとらえたぞ、オムドゥル！」ハース・テン・ヴァルは銀灰色の三日月型の髷（まげ）をもつエルトルス人に呼びかけた。オムドゥル・クワレクは、患者のベッドカバーにとりつけられた大型ルーペの向こうを、いっしんに見つめている。

目をあげて、

「イグマノール星系には惑星クーラトがある。そのために、われわれは《バジス》で出発したのだぞ」首席船医であるアラスは興奮して説明した。「探知機でイグマノールをとらえたということは、きょうにも、クーラトにつくということだ」

クワレクは、いつもひかえめで沈黙がちな医師が感情を爆発させたことに、かぶりを振った。

「それがどうした？」

「わたしにとっては、患者の病状の半分も関心がないね」そういいきると、シガ星人のシルタン・フィニングをふたたび見つめた。大型ルーペにより、平均的テラナーの大きさに拡大されて見える。「この三週間、シルタンは生きている徴候をまったく見せていない。そもそも、かれがふたたび目ざめるかどうか、だれにもわからない」

「おちつくのだ、オムドゥル」ハースはいうと、エルトルス人のそばに立ち、からだをのばして、厄介な患者を見た。「シルタンは病状にふさわしい良好状態だ」

「病状にふさわしい！」クワレクは憤慨した。「かれが死んでも、あなたはきっと、病状にふさわしいというのだろう。わたしは楽園のようなサナトリウム惑星グラショウンに行ったさい、ある老人に、ここの住人はほかの惑星よりも長生きするのかと訊いた。そのときの答えを思いだすよ」

ハース・テン・ヴァルは制御スクリーンに近づき、操作盤のセンサーにいくつか触れ、

「ほう、そうか！　で、老人はどう答えたのだ？」

クワレクは腹だたしげに、息をはずませた。

「長生きはせず、より健康な状態で死ぬ、と！」かれは手で額をたたいた。「健康なら、なぜ死ぬのだ、ドクター」

「〝より健康〟だ、オムドゥル」医師は訂正した。「その老人は、より健康な状態で死ぬ、といった。つまり、卒中発作で死ぬとしても、心臓弁膜症、肝硬変、狭心症、膀胱麻痺、骨髄腫、脂足などを併発しないということだ」

「死因についてはもういい」エルトルス人は答えたが、面くらっていた。「脂足？　いつから、そんなものが原因で……」

「間接的にだ」医師はうわの空で答えた。「いったい、脳造影図のこのピークはなんだろう？」

「ピーク？」クワレクは興奮して訊くと、制御スクリーン上にしめされたグラフと数字を見つめた。「どこにピークがあるんだ、ハース？」

「グラフ上では目だたない」ハース・テン・ヴァルは説明した。「あまりにも弱くて、はっきりとはしめされていない。だが、数字からわかる。ちょうど十一秒おきに、脳波がわずかながら上昇している」

「では、シルタンはまもなく意識をとりもどすのだな？」クワレクは期待に満ちて訊いた。仕事上のパートナーであるシガ星人のシルタン・フィニングは、三週間前に感電事故で意識を失い、いまだに目ざめていなかった。

「わからない」医師は気づかわしげに、いった。「この間隔は謎だ。意識不明におちいった者が目ざめるとき、通常、脳波曲線はあがりつづける。ふだん変わらない曲線の流れのなかで、間歇的な上昇があるときは、本来ならその間隔をもつ外的刺激があるはずだ。だが、ここには、シルタンの脳を刺激するようなものはなにもない」

「それが重要なのか？」エルトルス人は訊いた。「だいじなのは、シルタンの脳が回復したらしいことだ。外的刺激か！　機器の作動、またはそれ以外のなにかによって、エネルギー性の振動が起きたのだろう。でも、それはどうでもいい」

「そうは思わない」医師は返した。「計測ロボットを使い、この部屋のエネルギー性フィールドの影響を把握・分析させる。シルタンの脳を刺激しているものの正体が見つかれば、そのフィールドを副産物として生みだしている機器のスイッチを切っても、同じようなフィールドを人工的につくることができるだろう」

「それは理にかなっている、ドクター」オムドゥル・クワレクはいった。

ハース・テン・ヴァルはインターカムのほうへ行き、万能計測ロボットを一体とどけるようにと指示した。ロボットが到着するまでのあいだ、本来の任務からはなれ、ぞんぶんに思考にふけった。惑星クーラトでなにが待ちうけているのか。ケスドシャン・ドームと呼ばれる謎めいたものは、どのような外観なのだろうか……

＊

自分の肉体の外に対して感じることはすべて非現実なものだと、かれにはわかっていた。それでも、その知覚は、環境すなわち自分をとりまく世界への仲介役をはたしている。それによって、自分に関わりのある、時空をこえた出来ごとが推論できるほか、意味ある反応をいくらかはしめすことができた。

そもそも、自分がいまなお意味あることを考えられると仮定しての話だが……

というのも、完全な罠にはまったことがわかったからだ。ラドニア・サイコドは思ったものとは異なっていた。高度な進化の過程にある物質で、ポジティヴな力が悪しきものに妨害されているだけだと思っていたが、そうではなかったのだ。

ボイト・マルゴルがサイコドに充塡した悪しきインパルスは、いつわりの安全でかれを揺さぶった。最初に除去したとき、もうだいじょうぶだと思ってしまい、それ以上は、悪しきものを探さなかったのだ。

かれは惑星トオルグスのツァファルスとともに、サイコドを触媒として使った。進化のより高い段階に到達したいと望んだからだ。そのためには、肉体という存在形態をあきらめるのが前提であることも、より高い段階に到達したあとには自分の属する宇宙にもどれないことも、わかっていた。だが、それを甘受した。自分のかつての任務は、いつのまにか知的に成熟していた文明が、みずから達成していたからだ。かれは、進化の三過程における疾風怒濤の第一時代の遺物であり、それゆえ、無用な存在だった。ともかく、かれはそう考えていた。だが、間違っていたにちがいない。そうでないと、上位にある不気味な闇の力が、ラドニア・サイコドに第二の悪しきものをあたえた説明がつかないからだ。その悪しき要素は、目的達成の可能性があるとかれに思わせておき、その後、時空の彼方の非現実世界に閉じこめてしまった。このネガティヴな力は、かれを宇宙のある出来ごとから閉めだし、おのれに有利に働くようにするつもりだとしか思えなかった。

かたちなき意識内での想像にすぎない肉体を、やはり意識内にしか存在しない岩壁のかげで動かしてみる。意識内では、すべてを見て、聞いて、感じることができる。敵なる力は、かれが時空の彼方の虚無世界で絶望し、おのれの運命をあきらめたと思っているだろう。そのとおりになっていたかもしれない……もし、もうひとつの要素が一枚噛んでいなかったら。

その要素とは、幻影結晶体とも呼ばれるツァファルスだ。ともにサイコドの触媒作用に身をゆだねた。そうしたのは、ツァファルスが時と場所を問わず存在するからである。ツァファルスの主たるプシオン能力はつねに、内なる世界を創造すること、その非物質的な〃物質〃に動きをもたらすことにあった。敵なる力も、これは予想していまい！　だからこそ、同じ精神存在であるサイコドの弱点を見いだし、ゼロ次元に等しい牢獄からの脱出に利用できるはずだと、かれは考えていた。

突風に吹きあげられた細かい砂埃が顔にあたる。かれは痛む目を閉じた。この非物質的世界にも因果律がある。原因があってこそ、なにかが生じるのだ。

ゆっくりと歩みを進めながら、注意深く周囲を見まわした。

いまいる〃非世界〃内部は、見わたすかぎり砂漠のようだった。赤くうねる砂の海から、赤みを帯びた砂岩の崖がそびえ、その麓（ふもと）には大量の岩塊がある。空は薄青色で、地平線はぼやけていた。ちいさな恒星が淡いグリーンがかった光をひろげていた。

一キロメートル前進するため、マイクロ自発転送機に思考命令を送ろうとしたとき、コンタクトが失われたことに気づいた。自分のからだを見おろすと、よりによって、マイクロ自発転送機をいれてあったコンビベルトが消えている。

だが、からだにぴったりの琥珀色のプラスティック製コンビネーションは失われていなかった。光る銀糸が緻密に編みこまれ、足とふくらはぎ部分にエメラルドグリーンが浮かびあがって見えた。

因果律がここでも適用されるとしたら、コンビベルトを失うことによって、そこにいれていた機器類もすべて失われたわけだ……だが、コンビネーションがあるからには、半有機繊維のもつ利点は保持していることになる。

精神存在であるサイコドは、この非世界の番人なのだろうか。ここでは幻影結晶体によって生みだされたイメージが統合され、そのなかで仮の肉体を演じることができるのだが。

念のため、半有機繊維に、不可視になりたいとの願望を伝えてみた。砂漠にうつる自分の影が突然に消えたことから、コンビネーションの能力をこれからも意のままに使えるとわかった。

まもなく、不可視になると決めた自分の判断を賞讃した。かすかな音をたてて、こぶし大ほどの、磨かれた鋼の玉に似た物体が飛んできたのだ。砂漠の地面から五メートルたらずの高さを勢いよく飛び、十メートルほど手前でちいさくなると、遠くのもやのなかに消えた。

番人の〝片目〟が狙いをはずしたのだ。かれは自信を強めた。成功する見込みをもって、自分を解放するためになにかができると、証明されたからだ。

かれは大またで砂漠を歩きつづけた。次なるよりどころを探して……

2

サンドラ・ブゲアクリスは、ウェイロン・ジャヴィアが司令室にもどってきたのを見て、振り向いた。

「すべて正常です、船長」と、冷静に報告した。「とくになにも起きていません」

ジャヴィアは手を口にあてて、あくびしたあと、無造作にシートに腰をおろし、両足をのばしてから、のんびりと答えた。

「わたしのほうも正常だ、サンドラ。六時間眠って、シャワーを浴び、歯を磨き、コーヒーを一杯飲んだ」

船長は話しながら、サンドラの前にあるデータ装置の操作盤を注意深く見つめた。

「あとをお願いできますか、ウェイロン？」副長が訊いた。

ジャヴィアはうなずいた。

「見たところ、すでにノルガン・テュアの銀河外縁部をこえた。いったんハイパー空間を出て、方向確認をするのが適切だろう」

「でも、どうしてですか？」デネイデ・ホルウィコワが大声でいった。

ウェイロン・ジャヴィアは右のほうを見た。操作コンソール二基を隔てて、二十二歳の《バジス》の首席通信士がシートにすわっている。もちろん、通信士であるだけではない。この巨大宇宙船の幹部乗員で、ただひとつの職務につくために教育をうけた者はひとりもいなかった。デネイデは天文学者でもあり、航法士でもあった。

「礼儀上だ」船長は答え、操縦装置である幅広の滑らかな金属バンドに手をやった。そこからは、ほとんど目に見えないアンテナが数本つきでていた。「われわれ、なんといっても、無数の文明に満ちた未知銀河にいるのだ。高度に発達した宇宙航行文明の所有者たちにとって、ケスドシャン・ドームのあるクーラトは、聖域のようなものだとみなすことができるだろう。《バジス》のように巨大な代物で、なんの前ぶれもなく通常空間にもどって聖域を踏みこえたくはないのだ」

「了解しました」左側で、サンドラが応じた。「でも、クーラトに着陸する前に、まともな服装をする礼儀もわきまえたほうがいいと思います」不同意をはっきりしめしながら、ジャヴィアのしみだらけの、色あせたグレイの作業服を見つめた。船長はその下に、汚れた黒のタートルネックのセーターと、すりきれたコーデュロイのズボンを身につけている。

ジャヴィアはにやりと笑った。

「作業服の前を閉じればいい」左手で、ありもしないボタンに触れ、右手で金属バンドを禿頭にはめたあと、両手を操縦席のコンソールにのばした。透明に光る両手から、青みを帯びた光がコンソールの上に落ちた。

「そちらのコンソールに切りかえます」今回も船長にきちんとした服装をさせることに失敗したサンドラは、そう告げた。

「けっこう」ジャヴィアは応じた。「ところで、だれかオリヴァーを見なかったか?」

「われわれの目を見てください、船長!」レス・ツェロンがいう。「ストレスが見えますか? いいえ! つまり〝《バジス》の恐怖〟にはだれも遭遇してないわけです。すくなくとも、ここ数時間は」

ジャヴィアはにやにや笑った。

息子のことは心配していなかった。オリヴァーは父親よりも《バジス》にくわしく、触れてはいけないものはなにかを正確に知り、それにしたがっていた……それ以外は、乗員たちに策略に満ちた悪さをしかけるのがつねだったが。

ジャヴィアは額の金属バンドを通じて思考命令を送り、ハミラー・チューブにコンタクトをもとめた。この謎めいたポジトロニクスは、不可解な事故死を遂げたペイン・ハミラーの脳を内蔵していると噂されている。ハミラー・チューブは司令室の主スクリーンに大きいライトグリーンのHの文字を輝かせて反応した。

「やあ、ブリキ箱！」ジャヴィアはいう。かれは、ハミラー・チューブとは会話での接触を好んでいた。「《バジス》が二分以内に通常空間にもどるように、メタグラヴ・ヴォーテックスのベクトリングを変更してもらいたい！」

「了解しました、船長」ハミラー・チューブは皮肉っぽい響きをこめて答えた。「なぜ最初からそれに応じたベクトリングをプログラミングしなかったのか、訊いてもいいでしょうか？」

「いいや」ジャヴィアはすげなく答えた。「わたしの指示を実行できるのか？」

「ただいま実行しました、ミスタ・ジャヴィア」と、ハミラー・チューブ。「《バジス》はいまから一分半と十一ミリ秒後に、ハイパー空間を出ます」

「ごくろう」ジャヴィアは答え、ポジトロニクスに〝退室〟を命じた。ライトグリーンのHは主スクリーンから消えた。

船長は金属バンドをつけたままだが、これ以降は船の機動に介入できなくなる。通常空間への《バジス》の帰還は、手動でも思考命令によっても操作できない。船がプログラミングされた疑似ブラック・ホールであるメタグラヴ・ヴォーテックスを通過して、ハイパー空間に突入したとき、帰還の日時はあらかじめ設定されているからだ。その値（あたい）をあとで変更するのは不可能だが、超光速ファクターの変更によって、通常空間での帰還ポジションの座標データを変えることはできた。これを、メタグラヴ・ヴォーテックスのベクトリング変更と呼ぶ。厳密にいえば、ベクトリング変更ではないのだが、それと同一の結果が起きるので、この呼称は一般に定着していた。

ジャヴィアはなめうしろにかすかな足音が聞こえたので振り向いた。ハース・テン・ヴァルだった。

アラスはジャヴィアのすぐそばまでくると、身をかがめてささやいた。

「エネルギー源を測定しました。《バジス》前方のどこかにあります。いずれにしても、《バジス》の船外です、ウェイロン」

ジャヴィアは眉をひそめた。

「エネルギー源なら《バジス》のうしろにも横にも上にも下にも大量にある、ハース」

「でも、シルタン・フィニングの脳に間歇的な刺激をあたえているのは、ただひとつです」医師は答えた。

「シルタン・フィニングというのは、三週間ほど前に、故障した迷路シミュレーターの放電にやられたシガ星人だな？」

「そうです。それ以来、昏睡状態にあります」

「その間歇的刺激で、昏睡状態から目ざめたのか？」

「いまのところ、まだです、ウェイロン」

「だが、ネガティヴな影響も出ていないのだろう？」

「ネガティヴ？　ええ、それもありません」

「だったら心配はいらない、ハース」ウェイロン・ジャヴィアは輝くキルリアンの手をアラスの肩に置くと、はげますようにほほえんだ。

「でも、どんなエネルギー源なんでしょう？」テン・ヴァルはジャヴィアの手のおかげで、かなりおちついてきた。「これまで、このようなものは知りませんでした」

「われわれの知らないものは山ほどある。だからといって恐れる必要はない」

背後で装甲ハッチが開き、ジャヴィアは頭をあげた。ロワ・ダントンが司令室にはいってきた。左腕でオリヴァー・ジャヴィアをしっかりかかえている。船長の息子は眠っているらしく、ダントンの肩に頭をうずめていた。

「注意！　船がハイパー空間を出ます」心地よく変調されたコンピュータ音声が聞こえた。「プログラミングにしたがい、グリゴロフ・プロジェクターをオフにしました」

司令室にいた全員がコンピュータ制御の探知スクリーンのほうを向いた。そこにはこれまで、絶対的な虚無空間が見えていた。グリゴロフ・プロジェクターの生みだすバリアが《バジス》を隙間なくつつみこみ、いわば、独自の小宇宙となっていたからだ。

アナウンスが終わると同時に、探知スクリーンが明るくなり、数光年にわたってひろがる宇宙の深淵をうつしだした。そのなかに《バジス》と、星座や銀河、星間物質がふくまれている。

その映像は《バジス》の司令室にいた男女にとって見慣れぬものだった。このような光景を見るのははじめてだった……しかも、ノルガン・テュアは故郷銀河のような渦状ではなく、いわば楕円星雲、つまり、球状の銀河といっていい。中央部の厚みが極端に大きく、辺縁部に向かうにつれて、均一に薄くなっている。

「濃縮ガスではありません」デネイデ・ホルウィコワはいいきった。

「銀河系のような青みがかった乳白色ではなく、ほのかな赤色をしています」サンドラ・ブゲアクリスがつけくわえた。

「きわめて古い銀河だ」ロワ・ダントンが説明した。「恒星はすべて種族IIに属し、非常に老齢のはずだ」

「それにふさわしく、文明も古いにちがいありません」レス・ツェロンがいう。「深淵の騎士団の拠点がノルガン・テュア銀河の惑星におかれた理由は、まさにそれです。その当時、われわれの故郷銀河には、おそらく知性体は存在していなかったでしょう」

「たんなる憶測だ」ダントンはジャヴィアのほうへ行き、「オリヴァーがデメテルの棺のそばで眠っているのを見つけたのだ。棺の蓋に花を置いていた。赤いバラを」

「赤いバラ」ジャヴィアは驚きつつ、おうむ返しにいった。立ちあがり、六歳の息子をダントンからひきとった。「男であればだれでも、デメテルに魅了されるのはわかりますが、オリヴァーの場合は、あまりにも早熟ですな」

ダントンは当惑したように咳ばらいし、話題を変えた。

「この銀河の文明と交信してみたか？」と、デネイデのほうを向いた。首席通信士は目鼻だちのととのった顔を、ダントンに向けた。

「いまのところ、まだです。でも、多数のハイパーカム通信をとらえました。ノルガン・テュアではミツバチの群れのように活動が盛んです」

ロワは魅力的な微笑をうかべた。

「ミツバチの群れとは、どういうものだね、デネイデ？」

「わたしが知らずに話しているとでも、お思いですか」デネイデは応じた。「わたしは田舎育ちです。父は趣味でミツバチを飼っていました。一度、実家の動いていないコンピュータのなかに、ミツバチの群れが巣をつくっていたことがありました」

「そいつはすごい！」ウェイロン・ジャヴィアは叫んだ。「だが、どうだろう。一度、ほかのミツバチを……つまり、通信ステーションを呼んでみたら、デネイデ！」そういうと、自分のシートにオリヴァーを横たえ、その赤く染まった顔から髪をかきあげた。

「すぐにやります」デネイデ・ホルウィコワは甘い声でいった。

機器を操作し、ノルガン・テュア銀河内の通信ステーションの反応をうながす。一分とたたぬうちに、ハイパーカムから言葉がとどいた。

大ハイパーカム・スクリーンに、すこぶる広い額とカメラのレンズに似た目をもつ一ヒューマノイドの姿があらわれた。異人は聞き慣れない言葉でなにかをいった。デネイデはヴォコーダーのスイッチをいれた。

「記憶装置によると、これは七強者たちの言葉です」デネイデはすぐさま、いった。

「それなら、きみのトランスレーターで翻訳できるだろう」ジャヴィアは答えた。

首席通信士はうなずき、通信装置のトランスレーターを作動させた。やがて、異人の姿は消え、声も聞こえなくなった。

デネイデが通信記録を再生すると、トランスレーターが作動していたので、ふたたび異人があらわれるとともに、その言葉がインターコスモに翻訳されて響きわたった。

「テラからノルガン・テュア銀河へようこそ、深淵の騎士ジェン・サリクの友のみなさん！　わたしはヴラ＝オルトンといい、ケスドシャン・ドームの式典マスターのひとりです。われわれ、みなさんをクーラトでお待ちし、間近に迫ったペリー・ローダンの騎士任命式にさいして、すべての準備をととのえます。ごきげんよう！」

映像は消えた。

司令室にいた者たちは、意味ありげにたがいを見かわした。

「なぜ、すべてを知っているのだ？」レス・ツェロンは興奮して叫んだ。「それに、どうやってこちらのことを確認した？　デネイデはただシグナルを発しただけなのに」

「次の任命者の名はペリー・ローダンだと、ジェン・サリクから聞いたのだろう」ジャヴィアがなだめるように、ほほえんだ。「それ以外のことははっきりしないが、つまるところ、ケスドシャン・ドームとそれに関わるものはすべて、太古の並はずれて高度な文明の産物だ。われわれの概念でかなり奇蹟に近いと思われることを、これからも多々、見聞きする覚悟を決めておいたほうがいい」

「わたしもそう思う……」ロワ・ダントンはいいかけ、途中で口ごもった。

突然、奇妙な物音と光が司令室を襲ったのだ。その場にいたほかの者たちもびっくりした。モニター画面はまたたき、コントロール・ランプは一見なんの理由もなく明滅し……《バジス》の底からパイプオルガンのような轟音と笛のような警報が響いてきた。まるで、無数の爆弾が爆発したかのようだった。

不意に、すべての音と光はやんだ。

「なんだったのだ?」テン・ヴァルが叫んだ。

ウェイロン・ジャヴィアは黙ってシートまで行くと、肘かけごしに手をのばし、息子の手から指令バンドをとりあげた。

「このバンドから出した命令を転送するポジトロニクスは、命令が非常識だと思われた場合、自動的に作動をとめるのだよ、オリヴァー」と、深刻ながらも、けっしてきびしくはない口調でいった。「もともと、このバンドはおまえが機能させることはできない。ま、いずれにせよ、舞台効果の雷鳴をわれわれに聞かせただけのことだ」

「罰として、かれは一週間、朝食のココアをぬきにする！」レス・ツェロンは叫ぶ。

オリヴァーは身を起こし、マルチ科学者に向かって舌を出した。

「いつか、《バジス》はぼくの命令にしたがうようになるよ。それから、ぼくは朝食に一度もココアなんか飲んだことはない。オレンジ・ジュースしか飲まないんだ」

全員の笑いがしずまったあと、ジャヴィアは息子のために特別にとりつけたちいさなシートにオリヴァーをすわらせ、ハーネスを締めてからいった。

「では、クーラトに向けての今後の航行をじゃまするものは、もうなにもない」手をたたき、「きみはきっと聞いていたのだろう、ブリキ箱。さ、応答せよ！」

「楽しませてもらいました、ミスタ・ジャヴィア」ハミラー・チューブは答えた。主スクリーン上に、なじみのあるライトグリーンのHがあらわれた。「察するところ、わたしの任務は、クーラトへののこりの行程をこなすためのベクトリングをおこない、出た値いをプロジェクターのポジトロニクスに入力することですね。それにより、わが名にちなんだポイントに重力中心が生じます」

「ブリキ箱ポイントというのは知らないな」船長は平然と応じた。「だが、それ以外のことはあっている。実行せよ、ブリキ箱！」

＊

かれは眼前に開けた谷を、驚いて見おろした。

とっくに干あがった海の、かつての海底だった。谷底にいたる階段状の斜面には家々、すなわち町の廃墟があったが、住民たちはすでに死んでしまったのだろう。

その光景を見て、シュワシュ人の故郷世界だと思った。以前、永遠の船にいたとき、調べたことがある。シュワシュ人という固有の種族は二百万年ほど前に絶滅したが、その一部は好戦的なロボットの文明から逃れ、太陽系第四惑星に身をかくした。そこに巨大な地下ブンカーをつくって暮らしたのち、第四惑星の生活環境が急速に悪化したので、第三惑星に移住した。

そこでも追跡を恐れ、地下ブンカーにかくれた。やがて、ロボットによる追跡の記憶は忘れられる。シュワシュ人の後裔は第三惑星の地表にあがり、そこでカピンによって遺伝子実験のために悪用された。そのさい、技術文明の長所を知るにいたり、カピンが惑星を去ると、レムール文明を築いたのだ……

かれはこれまで、ツァファルスがシュワシュ人の原故郷の情報をもっているとは知らなかった。つまりツァファルスは、自分が思っていたよりも、はるかに古いものにちがいない。

だが、ツァファルスはどのような理由で、かれの意識のなかに、滅びたシュワシュ人の世代都市のイメージを展開したのか？　高度な知性をもつクリスタルが、この状況において、理由なきことはしないだろう。

考えるだけではなにも達成できないので、これらの諸都市におもむいて調べようと決心した。谷へとおりていきながら、自分の思考の流れの皮肉さに気づいた。考えるだけではなにもできないといっても、結局、おのれは非物質的意識でしかなく、なすことはすべて、この意識のなかで起きているにすぎないのだ。

自分の意識が独自に動いているのではなく、ツァファルスの意識が生みだした精神世界のなかで動き、そこでは敵なるサイコドの悪しきものも行動しているという違いはあるが。

いちばん上に位置するもっとも古い都市についた。海水がほとんど上まで満たされていたころにつくられたのだ。かつての港町には、わずかな廃墟しかのこっていなかった。

次の都市は、それよりは保存状態がよかった。シュワシュ人が家をがっしりした角石で築いたからだ。そのはるかな後裔がティアワナコの町に築いたものと同じだ。

かれの思考のなかで、なにかを照らす光のようにひらめくものがあった。閃光はあまりにも一瞬だったので、秘密を見つけることはできなかったが、むだではなかった。ツァファルスが自分に重要なことを気づかせるため、この都市を生みだしたのだという、期待が強まったからだ。

第三の都市は外見上はほとんど損傷をうけていなかった。上の二都市よりもちいさかった。悪化していく生活環境のせいで、人口が年々、減少していったからだ。

そもそも、なぜシュワシュ人は原故郷にとどまったのだろう？　数十万年前、惑星の死滅が明らかになった当時、栄えていた居住惑星は何百もあった。植民計画の動きのなかで、どのシュワシュ人にも死滅する惑星を去るチャンスはあったはずだ。

わからないが、おぼろげながら見当はつく。知的生物が太古の姿をもつほかのすべての生物種とともに、進化してきた世界なのだ。目的を達したからといって、見殺しにしたり忘れさったりするような、使いすて惑星ではない。

かれは自分自身の種族がどのような世界で生まれたのかを知らなかった。長期にわたって達成すべき使命があったにせよ、結局は故郷なき者だった。最終的にはそれが原因で、違う種類の達成を切望し、そのために肉体と宇宙への帰還を放棄するという、多大な犠牲をはらうことになったのだ。

数世代にわたるなかの十七番め、つまり最後の都市についた。主となる建物一棟に多くの別棟があるだけの町だ。そのとき、かれは故郷に帰りたいという願望に満たされていた。どこに帰りたいのかはわからない。だが、これは、以前の生活へもどりたいという願望ではなかった。ほかの存在とともにあること、一匹狼ではなく、同じ考えをもつ者たちの共同体によって使命を達成することに、かれは焦がれていた。

同時に、絶望に襲われた。時空の彼方にあるこの環境から出たいと願っても、それをどのようにして達成するというのか？

かれは残骸をこえて進み、主建物内にはいった。窓にあいた穴からさしてくる光のなかで、グリーンにきらめくクリスタルの集合体が浮遊しているのを見た。

クリスタルすなわちツァファルスの発する光は、ますます明るくなっていった。かれは不安にかられて振り向いた。非恒星の光よりも強い光が、外にも達していたからだ。それは番人の目をもひきつけるにちがいなかった。

そのときすでに、笛のような警報がしだいに強まっていた。番人の目が建物に近づいてきたのだ。とほうにくれて周囲を見まわしたが、ツァファルスと自分を守るものは皆無だ。戦うのは論外だった。これまでに一度も、直接だれかと、あるいはなにかと戦ったことはない。ある目的〝のために〟戦うことが、つねに倫理の根本原理であり……すべての目的はつねに、平和の原則にしたがっていた。

警報が突然やんだとき、その意味はひとつしかないとわかった。番人の目がかれとツァファルスを見つけ、そこで待つようにと指示を出したのだ。

〈わたしもか？　だが、わたしは見えないはずだ！〉

ラドニア・サイコドの悪しき要素である番人がツァファルスを攻撃しても、自分はほとんど不可視の状態だと思いこんでいたのだが、不覚だった。コンビネーションに織りこまれた網目状の半有機繊維に、不可視状態を終わらせよと思考命令をくだし、浮遊する幻影結晶体の集まりを守るように立ちはだかった。

それとほぼ同時に、番人が到着した。主建物の大きな部屋の中央で、レンズのように輝く開口部が空中に生じた。そうとしか描写できなかった。その開口部から、薄く明るい光の指がすばやく動いて、かれとクリスタルがいる部屋を探った。

もちろん、かれにはわかっていた。サイコドの悪しき要素は不可視であるが、行動するときには内なる非世界の構造にあわせなければならないため、そのときだけ見えるようになるのだということを。

また、光の指が力の付随現象であることも、わかっていた。その力を使って、悪しきものはかれとクリスタルの姿を変え、永遠にこの時空の彼方にとどめおこうとしている。

光の指の一本が顔に突進してきて、かれは思わず一歩しりぞいた。背中がクリスタルの集合体にぶつかり……衝動的に振り向くと、両手をツァファルスに置いた。

それは、番人の光の指がすべて襲いかかってきた瞬間のことだった。精神力で抵抗するべく集中していると、ツァファルスからメンタル・エネルギーの大波が一挙に、押しよせてくるのを感じた。

番人の光の指が火花を散らしながら飛びすさり、レンズ様の開口部はひろがって色あせた。とてつもなく強いプシオン力が噴出する。これは、悪しきものの衝突にともなう付随現象で、ハイパーエネルギー性のメンタル衝撃波だ。

だが、悪しきものが永久に消滅したことに気づくより前に、かれ自身の精神が衝撃波におそわれた。

突然、クリスタル集合体も、最後のシュワシュ人の建物も見えなくなる。衝撃波によって、未知の周波平面に投げとばされたようだ。

この周波平面にいるのは、ごく短時間であろうと予測できたが、そのあと、なにが起きるのかは想像できなかった。

移動が間近に迫っているのを感じた。不可視のハイパーエネルギー性吸引力、あるいはジェット流のようなものに、とらえられたからだ。その瞬間、ジェット流とともに未知の目標に運ばれていくハイパーエネルギー性メンタル要素を感じた。さらにまた同じ瞬間……というのは、時がとまっているとわかったので……かれ自身がジェット流と一体になり、時間のロスなしに、その目標へと送りだされた。

かれはハイパーエネルギー性メンタル要素とともに、ある場所についた。メンタル・エネルギーが充塡され、太古の秘密の記憶が蓄えられている巨大ドームだった。かれはそこで、自分を搬送放射によって強引に連れさったハイパーエネルギー性メンタル要素が、どこかにプシオン的に存在していた一意識内に侵入し、それを破壊するのを目撃した。

このメンタル要素は、ラドニア・サイコドにはりついていたのと同じく悪しきものであった。犠牲者が最後の抵抗をするなかで、かれは気づいた。この犠牲者と自分のあいだには、同一の起源をもつ者同士にしか成立しない、基本的な精神親和性があることを。

それゆえ、親和性をもつ意識が破壊される前に伝えてきた精神の基礎パターンを、かれはすばやくつかみとった。その意識がなにをめざしていたのか、どういう遺志を伝えようとしたのかを、理解した。

それは、かれに向けての遺志だった。肉体のない存在として、善のために戦いつづけること。テラク・テラクドシャンの後継者として第一歩を踏みだすこと。とほうもない力がもたらそうとしている悲運におびえる者たちを守ること。

自分はその戦いにけっして勝てないと、かれ、すなわちテングリ・レトスの意識は認めた。なぜなら、自分はべつの前提条件によって、べつの戦いのために創造されたからだ。それゆえ、光の守護者は良心にしたがうことにした。テラク・テラクドシャンの基礎パターンにもとづいて、おのれの人格を大きく変える。

こうしてレトス＝テラクドシャンは準備をととのえ、強力かつ悪しきものに勇敢に立ち向かう心がまえをした。しずかな、すべてを震撼させる戦いがはじまった……

3

ペリー・ローダンは、コンビネーションのベルトにつけたケースの上蓋におや指を置いた。その個体振動が細胞活性装置の振動とあわさって、ケースが解錠される。蓋が開き、ライレの〝目〟がすぐに使えるように飛びだした。

ローダンは握りの部分に手を置きながらも、〝目〟をとりだし、球体部分の不可思議なきらめきを見つめて《バジス》に移動するのを、いまだにためらっていた。なぜためらうのか、自分でもわからなかった。

次の瞬間、かれの手はふたたび〝目〟を押しもどした。ケースの蓋は自動的に閉まった。そのとき、作業デスクの上のヴィジフォンが鳴った。ブザー音にくわえて、スクリーンが明滅し、連絡の緊急性が高いことをしめしていた。

視覚スイッチによってヴィジフォンを作動させた。

スクリーンにレジナルド・ブルの三次元映像があらわれる。

「旅行の準備中にじゃまして、すみませんが、ペリー」ブルはいった。「ロクヴォルトから重要な知らせがはいりました」

ローダンは目を閉じた。ロクヴォルトと聞いて、あれこれ記憶がよみがえる。テラニア宇宙港で見た少女スリマヴォの最後の姿が、眼前に浮かびあがってきた。彼女はキウープを手伝ってヴィールス・インペリウムの一部を再構築するため、宇宙港からロクヴォルトに行ったのだった。

心の目にうつった小柄なスフィンクスの姿は、その顔とともにぼやけていった。ローダンには、謎めいた少女の目しか見えなかった。意識のなかに、ふたたび黒い炎の幻影が生まれ、それが心のなかで燃えさかった。

ローダンはうめき声をあげた。

「ペリー！」友の声が遠い彼方からのように響いてきた。「どうしたんです？」

ローダンは意志の力を振りしぼり、黒い炎のことは考えまいとして、目を開けた。

「彼女がまたあらわれたのか？」

「だれがです？」ブルは目を大きく見開いた。「ああ、スリのこと！　あの子の目を思いだしたのですな？」

ローダンはうなずいた。

「そうだ、ブリー。彼女は……？」

「いや、ペリー。スリはキウープと不可解な争いをしているさなかに、どうやら虚空に消えてしまったようで、そのあと姿を見せていません。結局、きたときと同じように去っていったのです。よかったですよ。なんとなく、あなたが彼女に影響されているようだったので」

「そんなことはないが、あの子には混乱させられる。宇宙港で別れるとき、彼女は〝またお会いしましょう〟と、いった……たんなるおざなりの挨拶ではなかった」

「あのときは、わたしも彼女の言葉に深い意味があると感じました」ブルは答えた。

「あなたは、メッセージだとさえいいましたが」

「きょうにいたるまで、まだ理解できないのだ、ブリー」

ブルはほほえんだ。

「それほど重要なものではなかったのかもしれません、ペリー。いずれにしても、わたしの投資金は完全に失われたわけではないようで。キウープがヴィールス・インペリウムの断片を拡大させました。それを宇宙空間にもちこんで完成させたいと考えています」

「早すぎる」ペリー・ローダンはうわの空だった。

「どういう意味ですか？」

「なにが？」

「早すぎるといったでしょう、ペリー。なにが早すぎるんです？　断片を宇宙空間にもっていくことが？」

「いや、そうじゃない！　キウープは遠慮なくそうすればいいのだ、ブリー。わたしは本当に早すぎるといったのか？　おぼえていない。だが、けっして断片のことをいったわけではない。で、トロトとトーセンの消息をなにか聞いたかね？」

「あなたの思考の飛躍にはついていけませんや」ブルは心配そうにいった。「間近に迫った騎士任命式のことで、神経がかなりまいっているように見えますが」

「そんなことはない、ブリー」ローダンは答えた。「わたしにとって、任命式は二義的なものでしかない。それよりもっとやりたいのは、ドーム地下の丸天井の部屋で、三つの究極の謎へのヒントを見つけることだ」

「本当は、ジェンがそれを見つけるべきだった」ブルは答えた。「それとも、かれはすべてを打ち明けてはいないのか？」

　ローダンはかぶりを振った。

「むしろ、かれは一部だけを見つけ、のこりをわたしのために保留したのだと思う。ところで、トロトとトーセンはどうなったのだ？」

「どこにもあらわれていません、ペリー。ともかく、報告できるような場所には。しかし、イホ・トロトの心配をする必要はないと思います。セト＝アポフィスの工作員として、超越知性体の特別な庇護下にありますからな。ほかに質問は？」

「いや、それですべてだ、ブリー」

「では、幸運を祈ります、ペリー。もうすぐ《バジス》に向かうのでしょう？」

「いや、すぐには行かない。まず、よく考えてからだ。不可避の事態が生じないかぎり、どうかじゃまをしないでほしい……では、また、ブリー！」

ローダンはヴィジフォンのスイッチを切ると、シートにもたれかかり、目を閉じた……

＊

「すぐによくなる、シルタン」オムドゥル・クワレクはささやくと、シガ星人の相棒の動かぬ姿を、同情するように見つめた。「クーラトのケスドシャン・ドームは、もう何千年も前から、いまの宇宙ハンザより高度に発達した驚嘆すべき技術のたまものだ。そこなら、きみを治す手だてがあるだろう」

「かれには聞こえないよ、オムドゥル！」いつのまにか病室にはいってきたハース・テン・ヴァルがいった。「ケスドシャン・ドームがどういうものなのかも、そこにシルタンを助けられる者がいるのかどうかも、まったくわからないし」

アラスはエルトルス人のそばに立ち、透明ベッドカバーについた大型ルーペごしに患者を見つめた。数センチメートルの大きさしかないシガ星人のからだが、半透明のゼリー状物質のなかに沈んでいた。顔だけは沈んでいなかったが、その顔もマスクでおおわれ、そこから管が呼吸装置へとのびている。

「なぜ、シルタンは意識をとりもどさないのだ？」クワレクは心配といらだちをこめて訊いた。「脳が十一秒ごとにエネルギー性インパルスによって刺激されるなら、まもなく目をさますはずだ」

「だが、見てのとおり、まだ目ざめていない」医師は答えた。

「まったく」エルトルス人はすねたように答え、三日月型の髷をかきあげた。髷は額からうなじまでのび、そのほかの部分は丸坊主に刈ってある。「だが、インパルスを人工的に発生させ、それを強めれば……」

アラスはため息をついた。

「それがどういうインパルスなのか、わかってさえいたらな、オムドゥル！　残念ながら、記録はできても分析はできないのだ。すべてが謎めいている。だが、シルタンの状態がこのまま安定していれば、昏睡から脱する希望を捨てる必要はない」

「安定した昏睡状態か」クワレクは答えると、いきりたった。「《バジス》を即刻、方向転換させ、タフンに向かうようもとめる！　あそこの医療センターなら、きっとシルタンを助けてくれる」

テン・ヴァルは用心のため、二、三歩しりぞいて、説明した。

「タフンは遠い。何カ月もかかる。それに、われわれはクーラト到着を目前にしている……五カ月以上も航行したすえに」考え深げにつけくわえた。「本来なら三カ月半でつくはずだったが、予想せぬ事故のせいで長くかかったのだ」

オムドゥル・クワレクは肩を落とした。

「あんな事故がなければ、シルタンはここにいなかったのに。迷路シミュレーターが故障したのは、イホ・トロトがいたせいだとしか考えられない」と、あきらめたように、いった。「なにもかも理解できん。なぜ、超越知性体セト＝アポフィスは、われわれに損害をあたえようとするのか？　だいたい、コスモクラートがセト＝アポフィスの行為を是認していないのなら、なぜ介入して、規則違反しないよう呼びかけないのだ？」

「介入はできないのだ、オムドゥル」医師は自分でも理解しきれていないことを説明しようとした。「コスモクラートは物質の泉の彼岸にいる。たぶん、われわれの宇宙の外にある世界だ。かれらは境界をこえることができない。だからこそ、どうしても必要なことは、われわれがおこなうよう、かれらはもとめているのだ」

「超越知性体を滅ぼせ！」エルトルス人は反抗的にいう。「とうてい不可能なのだろうがな！」

「滅ぼすわけにはいかないのだ！」アラスははげしい口調で抗弁した。「きみにはまだわからないのか。われわれはだれのことも、もう敵だとみなしていない！　われわれはセト＝アポフィスが満足するよう、手助けしなければならないのだ」

クワレクはあらためて友を見つめ、また顔をそむけた。そこで突然、振り向くと、大型ルーペごしに凝視して、興奮した声を出す。

「シルタンが動いたぞ、ハース！」

ハース・テン・ヴァルは苦痛をあたえる大声を遮断するかのように、両手をのばした。だが、クワレクのほうではなく、コンピュータの制御スクリーンを見つめている。患者の状態を監視し、生命維持システムを制御するコンピュータだ。シルタン・フィニングの脳活動をしめすグラフが、はるか上まではねあがっていた。

脳波の上昇は、命に危険をあたえるほどに高かった。瀕死の脳が最後の抵抗を見せるのに似ている。だが、アラスはそれを知っても、どうすることもできなかった。シガ星人の脳に外から作用しているインパルスを防ぐことができるなら、あるいは……だが、その方法でなにかをおこなうには、もはや遅すぎる。

突然、上昇はとまり、グラフは振動しながら、小脳領域の最小限の活動のみをしめす通常値にもどった。ハース・テン・ヴァルは一瞬、脳活動がこの値い以下にさがるのではないかと恐れた。それは患者の死を意味するからだ。ところが、表示はふたたび上昇した。直前ほど高くないが、通常値をこえている。十一秒後、通常値にもどり……その十一秒後には、次の上昇がやってきた。

「かれはもう動かない」オムドゥル・クワレクはささやいた。「死んだのか？」

「いいや、生きている」医師はとほうにくれて答えた。「また十一秒のインターヴァルだ。こんどは活動のピークが高い。なにがシルタンの脳を刺激しているにせよ、その強さはすくなくとも二倍になっている」

「いったい、なにが刺激しているのだろう？」

アラスは思わず、《バジス》の飛翔方向に目をやった。

「わからない」慄然としながら、いった。「だが、われわれの前方にあるなにかと関係があるのではないかと思う」

＊

「逆噴射！」ウェイロン・ジャヴィアはいった。

《バジス》の船長は成型シートにくつろいですわっていた。頭には指令バンドをつけ、肘かけに置かれたキルリアンの手にも金属バンドがはまっている。

突然、全周スクリーンに、ノルガン・テュア銀河の星々がきらめいた。そのうちのひとつは、ほかの星々よりも明るかった。釘の頭ほどの大きさに見える黄色い球体だ。

「イグマノールです」サンドラ・ブゲアクリスが黄色い球をさししめす。

〈惑星を可視化し、クーラトをきわだたせろ！〉ジャヴィアは思考命令を出した。指令バンドのセンサーが、探知スクリーンのコンピュータ制御装置に命令を伝える。

合計七つの惑星が各種スクリーンに次々と、縮尺どおりにうつしだされた。《バジス》から裸眼で見るより、ずっと大きく見えた。

「これがクーラトだ！」レス・ツェロンが叫んだ。立ちあがり、恒星イグマノールの第三惑星をうつしだしているスクリーンを指さした。

色あせた感じがするほかの六惑星とは違い、第三惑星は色のある球体だった。基調は青と白。つまり、海面または大きい湖面と雲の層の色だ。それが、惑星の風の動きにしたがって整然と配置されていた。

ジャヴィアは息子のほうを向いたが、オリヴァーが自分のシートに放心状態ですわっているのを見て、眉をひそめた。

「どうかしたのか、オリヴァー？」心配そうにたずねた。

オリヴァー・ジャヴィアはびくっとした。

「なに、パパ？」

「どうやら夢をみていたようだな」ジャヴィアはいった。「どうかしたのかと、訊いたのだ。気分はどうかな？」

「新手のいたずらを準備中なんだな！」司令室にやってきた技師のミツェルが叫んだ。

「そうでなかったら、悪童オリーじゃない」

「ちょっと疲れただけだよ」オリヴァーはいった。

「ふむ。クーラトを見たら元気が出るかもしれないぞ」船長はいうと、惑星の映像を指さした。「美しいじゃないか？」

「悪くないね」オリヴァーは力なくいった。

「クーラトに呼びかけますか、ウェイロン？」デネイデ・ホルウィコワがたずねた。「テラと同じくらい」

ジャヴィアは考えこんで、彼女を見た。

「本来なら必要ない、デネイデ。クーラトでは、われわれがやってきて着陸することを知っているわけだから。だが、この場合は礼儀上、あらずもがなの行為も必要だと思う。呼びかけて、こちらの身元を伝えてくれ！」

「了解しました」ホルウィコワは通信コンソールに向きなおった。

ウェイロン・ジャヴィアは操縦席のポジトロニクスでかんたんな計算をしてから、「クーラトの周回軌道まで、亜光速で一時間かかるだろう」

「テラ標準時では二十三時四十五分になります」サンドラ・ブゲアクリスがつけくわえた。「ペリー・ローダンがあす到着するとしたら、まにあいます」

「クーラトから応答がありません、ウェイロン」デネイデが驚いたようにいった。

「ハイパーカム・ステーションが使用されていないときもあるのだろう」と、ジャヴィア。「速度をあげよう。式典マスターのヴラ＝オルトンが歓迎するといっていたから、招待状は不要だろうが、ひきつづき連絡をとってくれ、デネイデ！」

重力中心の仮想ポイントを飛翔方向に動かすべく、船長は操縦システムに思考命令を出した。こうして発生するポイントはハミラー・ポイントと名づけられている。発生場所であるメタグラヴ・エンジンの動作と関係なく、つねにそこから遠ざかる方向に移動するため、《バジス》はハミラー・ポイントと同方向に同速度で加速される。公式にはアインシュタイン段階と呼ばれるこの飛行段階のあいだ、船は自由落下状態にある。

《バジス》が動きだすと、ジャヴィアはあらためて息子のほうを振り向いた。シートがからっぽなのを見て、驚いてたずねた。

「オリヴァーがどこへ行ったか、だれか見なかったか？」

「トイレじゃないかと思います」ミツェルはいった。「いずれにしても、そのような顔つきでした」

ジャヴィアはすこし考えたあと、副長のほうを向いた。

「かわってくれ、サンドラ！　息子の面倒を見なければならない。気分が悪いのかもしれない」

「それとも、また、なにかたくらんでいるのか」サンドラは応じたが、ジャヴィアの気づかわしげな顔を見て、うなずいた。「ひきうけます、ウェイロン」

船長は指令バンドと手首のバンドをはずして立ちあがり、司令室から出ていった。

司令室があるセクターは、緊急事態のさいは《バジス》本体から切りはなして自立操縦することができるため、洗面所とトイレをふくむ衛生設備もあった。息子がきたのはここのトイレで、居住キャビンにはもどっていないだろうと、ジャヴィアは思った。

一分後、それが間違いであることがわかった。船長は時間をむだにせずにキャビン近くまで行けるように、転送機を使った。不安をつのらせながら急ぎ、ひろいキャビンにはいる。居間、子供部屋、ロボット・キッチン、衛生設備を調べたが、オリヴァーの姿はどこにもなかった。

気をもみながら、キャビンのポジトロニクスに息子がきたかどうかたずねたが、答えはノーだった。

これからくるのかもしれない、と、自分にいいきかせたが、そうは思えなかった。

突然、ある考えが浮かんだ。インターカムのスイッチをいれ、ロワ・ダントンを呼びだす。

一分たらずでダントンが応じると、ジャヴィアはいった。

「この前、オリヴァーをデメテルのところで見つけましたね、ロワ。息子がまたそこへ行っているのではないかと思うんですが、棺の場所がわからないので」

「わたしの責任だ、ウェイロン」ロワは答えた。「いつでもデメテルに会いにゆけるように、わたしのキャビンの隣りの空室に棺を運ばせたのだ。すぐに調べてみよう」

「いえ！」ジャヴィアはいった。「待ってください、ロワ！　わたしもそちらに行きます。どうも、オリヴァーのようすがおかしいのです」

ジャヴィアはキャビンを出ると、話に出てきた空室へ行った。その前でダントンが待っている。ダントンがコード・インパルス送信機でハッチを開けたあと、男ふたりはなかにはいった。

入室によって、キャビンの照明は自動的にともったが、出力がほとんど落とされていたので、ぼんやりとした赤い微光に照らされているだけだった。

ジャヴィアは息子を見て、立ちどまった。オリヴァーは、未加工の木材を使った粗末なつくりの棺の前方のせまい側にひざまずき、ななめになった蓋の上に頭と腕を置いていた。

「どうして、あんなことを？」ロワ・ダントンは小声でいった。

「かれとデメテルとを結びつけるなにかがあるのでしょう」ジャヴィアも小声で返した。

「われわれには感じとれない、なにか心的なものが。われわれの霊的なものは教育と順応によって退化していますが、この年ごろの子供には、本来あったものがより多くのこっています。大人よりも感情の多様性が大きいんですな」

かれは息子のそばに歩みより、ななめに置かれた蓋の隙間から棺をのぞきこんだ。ブロンズ色の肌をしたデメテルのエキゾティックな美しさに、奇妙に心を動かされた。目が閉じられ、肌が磁器のような艶をはなっているのを見て、その気持ちはますます強まった。

「彼女はまったく変わっていない」そばでダントンがいった。

オリヴァーは動き、身を起こして、驚いたように振り向いた。もうデメテルとふたりきりでないのを感じたらしい。

「この人になにもしないで！」と、息がつまりかけたような声でいった。

ウェイロン・ジャヴィアはしゃがみこみ、息子をひきよせると、ブロンドの巻き毛をなでた。

「だれもデメテルになにかしようなんて思っていないよ、オリヴァー」優しくいった。

「ここにロワ、デメテルのご主人がいる。デメテルの身になにかが起きるのを、ぜったいに許さないだろう」

オリヴァーの目は濃い青色で、底知れぬ湖のように見えた。

「でも、この人に危険が迫ってるよ、パパ。ぼくにはわかる。なにかが変わったんだ。すごく……気味が悪い。恐いよ、パパ」

ジャヴィアは立ちあがり、左腕で息子を抱きかかえた。

「恐がらなくてもいい、オリヴァー。まもなくクーラトに到着だ。さ、司令室にもどろう。パパはあそこにいなければならないんだ。いいかね」

「わたしはここにのころう」ロワ・ダントンは力なくほほえんだ。「正直いって、悪童オリーの不安が伝染したようだ。デメテルをひとりきりにしたくない」

「わかりました」ジャヴィアは答えた。「医師を呼びましょうか、ロワ？」

ダントンはかぶりを振った。

「いや、けっこうだ、ウェイロン。妻はわたしが見つけたときから、変わっていない。医師にはなにもできない」

ウェイロン・ジャヴィアは理解したようすでうなずき、司令室にもどっていった。

4

「いまだにクーラトと連絡がとれません」サンドラ・ブゲアクリスは、ウェイロン・ジャヴィアが司令室にもどってくると、いった。

船長はすわって、コンピュータ・スクリーンにうつる報告を見つめた。操船ポジトロニクスは任務をはたし、《バジス》を目標惑星の周回軌道に〝うまく乗せて〟いた。

「聞いてますか、船長?」サンドラはもどかしげに訊いた。「デネイデのひっきりなしの呼びかけに、クーラトがまったく反応しません。どうも、尋常ではありません」

「なにが尋常でないって、サンドラ?」と、ジャヴィア。シートに縛りつけたオリヴァーのほうばかり見ないよう、必死に自制していた。とりわけ、なにがきっかけで息子がデメテルの棺を監視するようになったのか、つい考えてしまう。というのも、ひとつだけ、はっきりしたことがあるからだ。オリヴァーがあの女ウィンガーの棺を監視していたのは、彼女が危険に瀕しているのを感じたためなのだ。

「どうやらなにも聞いてなかったようですね、ウェイロン?」サンドラは応じた。

ジャヴィアはため息をついた。

「いや、すべて聞いていた、サンドラ。きみは、クーラトがこちらの呼びかけに応答しないのが尋常ではないと思っている。それに対し、わたしは、クーラトにとってなにが尋常でなにがそうでないのか、判断することはできないと思っている」

「でも、念のため、飛行を中止するべきです」サンドラははげしい口調でいった。

ウェイロン・ジャヴィアはその警告を無視することはできなかった。《バジス》と、船内の男女一万二千二百六十人に対する責任は重大だったからだ。

ハイパー物理学者、天文学者、宙航士としての自分に、連絡がとれないのはクーラトでなにか非常事態が起きたからだと、根拠ある判断をくだす資格が、はたしてあるのだろうか？

しまいには、考えこむのをやめて、いった。

「クーラトの状況についてはなにもわからない。だが、ケスドシャン・ドームと監視騎士団が、太古の昔から大過なく存在しつづけてきたことはわかっている。これほど揺ぎなく継続してきた組織が、よりによって、われわれの到着時に決定的打撃をうけ、こちらに危険な影響をあたえると示唆するものもない。したがって、飛行をつづける」

それから副長を見つめて、

「わたしの答えに、つじつまのあわないところがあるかね、サンドラ？」

サンドラがかぶりを振ると、ジャヴィアは全船放送のスイッチをいれた。

「こちら、船長だ。船は現在クーラトの周回軌道にいるが、あと二十分で方向転換する。《バジス》は今後、ケスドシャン・ドームの上空、三万五千キロメートルの位置に常時とどまることになる。巡洋艦《アイノ・ウワノク》の艦長および乗員に告ぐ。出発準備をととのえよ！　わたしは四十分後に乗艦し、その後、クーラトに着陸する。以上」

ジャヴィアはスイッチを切り、息子のほうを向いた。オリヴァーはおちついて見えたが、司令室で起きていることには、いまだに、興味をもっていないようすだった。

「キャビンにもどるか、オリヴァー？」ジャヴィアはたずねた。

「パパのそばにいるほうがいい」オリヴァーは答えた。

ジャヴィアは愛情をこめてうなずき、気づかわしげに息子を見た。ふるまいがいつもとはまったく異なっているので、心配しないわけにはいかなかった。このあと一時間は、べつのことに集中しなければならないのだが。

目の前のインターカムが鳴った。次の瞬間、ハース・テン・ヴァルの姿がうつり、ジャヴィアは驚いた。よりによってこのときに、《バジス》の首席船医が連絡をよこしたのは、どのような問題があるからなのか、想像もつかなかった。

「なにか悩みごとでもあるのか、ハース？」かれは訊いた。

アラスが話していいのかどうかわからず、自分と戦っているのが、その顔からはっきりと読みとれた。

ジャヴィアが辛抱強く待っていると、テン・ヴァルは口を開いた。

「またシルタン・フィニングのことです、ウェイロン。いまだに昏睡状態にあるのですが、かれの脳活動を刺激しているものの強さが、すくなくとも二倍になっています。その直前、脳活動をしめす数値があまりにも急上昇したので、死にぎわの抵抗ではないかと恐れました」

ジャヴィアは耳をそばだてた。

「それはいつのことだ、ハース？」

「四十五分ほど前です。しばらく報告するのをためらっていましたが、この現象がこれから到着する目的地と関係があると、確信するにいたりました」

「ケスドシャン・ドームか」船長は答え、四十五分ほど前、なにかが起きるのを恐れた息子がデメテルのそばに行ったことを考えた。「そこからなにか特定の放射が生じているのかもしれないな」

「その放射はいいものではない予感がします」アラスはためらいながらいった。

ジャヴィアはオリヴァーをちらっと見たあと、ふたたびインターカムのほうを向いた。

「ようすを見よう、ハース。いずれにしても、知らせてくれて感謝する」

かれは考えこみ、スイッチを切った。

「ハミラー・チューブにこの事実を入力し、助言を仰ぐべきです」サンドラが言葉をさしはさんだ。「ハースの報告は気がかりです」

「ブリキ箱がなにを助言できるのか」ジャヴィアは応じた。「われわれ、幻にとりつかれ、ケスドシャン・ドームにありもしない意味を見つけようとしているのではないか」

「でも……」サンドラはいいかけた。

「ま、いいだろう！」ジャヴィアは大声でいった。「おい、ブリキ箱、応答しろ！」

ふたたび主スクリーンにハミラー・チューブのトレードマークであるライトグリーンのHがあらわれた。

「すべて聞いていました、ミスタ・ジャヴィア」ハミラーはいった。「わたしの分析と予感では、《バジス》を動かさないよう、切におすすめします。ふたたび飛行させるのは、クーラトの責任者と通信連絡をとり、惑星の状況に問題はないかと訊いて、肯定的な答えが得られてからです」

ウェイロン・ジャヴィアは眉をひそめた。

「なにかを疑う具体的な事実はあるのかね、ハミラー・チューブ？」

「いいえ、ミスタ・ジャヴィア。でも、なにより悪童オリーのふるまいが気がかりです。悪童オリー、きみはどうやら、なにかを恐れている。そのことを話せるか？」

オリヴァーは思い悩むような表情を浮かべ、小声でいった。

「ぼく、デメテルがひどい目にあうんじゃないかって、急に不安になったんだ」

「いまでも不安かい？」ハミラー・チューブはさらにたずねた。

オリヴァーはかぶりを振った。

「もうだいじょうぶだよ、ハミラー。でも、とてもおかしな気分なんだ。なんだか元気が出ないし、恐いよ。でも、なにが恐いのかわからない」

「わたしがいおうとしたことがおわかりですね、船長？」ハミラー・チューブは訊いた。

ジャヴィアはうなずいた。

「ああ。だが、わたしはきみの不安には与しない、ブリキ箱。クーラトには変わった生物がいて変わった建造物があり、謎めいたオーラにつつまれている。たぶん、それらが相いまって、われわれには異様に感じられるのだ。そのため、あらゆる異様なものに対する、忘れたはずの動物的な恐怖本能がふたたび目をさましたのだろう」

そういうと、首を横に振った。

「だからといって、ミッションを中断するわけにはいかない。逆に、さっさと仕事にかかれるなら、そのほうがいいのだ。われわれは暗い予感と不安のもやを破り、現実につきすすまなければならない。そうすれば、すべてがよりよく見えてくるにちがいない。ジェン・サリクはわれわれより前にここにきて、ぶじに帰還した。だから、人類にとって危険なものはクーラトにはないはずだ。それに、まもなくペリー・ローダンがここに到着する。そのときかれは、われわれがケスドシャン・ドームの上空に浮かんでいるものと確信しているだろう。活動は計画どおり続行する」

「あなたが船長です、ミスタ・ジャヴィア」ハミラー・チューブはいった。

「そのとおりだ」ウェイロン・ジャヴィアは答えた。「それでも助言には感謝する、ポジトロニクス」

＊

「なぜ、よりによって、わたしが？」ジャヴィアからクーラトへの同行を依頼されたロワ・ダントンは訊いた。

「あなたは過去において、歴史的な偉業をなしとげました、ロワ」船長は答えた。「クーラトでは、あなたの思慮深さ、冷静さ、多彩な経験が必要となるでしょう」

「とはいえ、わたしはここ数百年、表舞台に出ていない」ロワは答えた。

ジャヴィアはほほえんだ。

「さいわい、あなたは細胞活性装置保持者です。人類の決定的な事項に寄与できるよう、運命があなたをつかわしたのでしょう。とはいえ、拒否されても、わたしは悪く思いません。あなたは〝瓦礫（がれき）の山〟の一員ではなく、乗客なのですから」

ロワの目に苦々しげなものが浮かんだが、すぐにまた、消えた。

「船長命令にしたがい、クーラトまで同行しよう、ウェイロン」

「感謝します、ロワ。医師チームを手配し、つねにデメテルの面倒を見させましょう。二十分後に《アイノ・ウワノク》に乗艦してください」船長はマルチ科学者のからっぽのシートを見た。「レスもたったいま移動しました。かれのほか、《バジス》内で最高の異生物心理学者であるシリア・オシンスカヤも同行します」

「わたしの同行も認めてください、船長！」出入口から異様なまでに大きく力強い声が聞こえてきた。

ジャヴィアは眉をあげ、エルトルス人の巨軀（きょく）を眺めた。シガ星人のシルタン・フィニングと特別チームを組んで、船内の非常事態に対処していた男だ。

「きみの相棒は出動不可能だろう、オムドゥル」ジャヴィアはそう答えることで、このエルトルス人とシガ星人をひっくるめて一人前とみなしていることをしめした。

「ここよりもクーラトに行ったほうが、シルタンになにかしてやれると思うのです」オムドゥル・クワレクは真顔でいった。「お願いです、船長！」

ジャヴィアは下を向いた。顔に浮かぶ不快感をエルトルス人に気づかれたくなかったのだ。オムドゥルをクーラトまで同行させる必要性は感じない。反対に、オムドゥルが感情にはしり、相棒の病態が変化した責任をクーラトの住人になすりつけるのではないかと恐れていた。

「自制すると約束します、ウェイロン」エルトルス人はジャヴィアの思いを読んだかのように断言した。「刺激源がシルタンにとってポジティヴに働くのかどうかを見つけだしたいだけなのです」

ジャヴィアはオムドゥルの顔を見て、そこに誠実さがあるのを認めた。

「それなら、同行を許そう。二十分後に巡洋艦《アイノ・ウワノク》に乗艦せよ！」

クワレクは顔を輝かせた。

「ありがとうございます、ウェイロン！」その声は司令室じゅうに響きわたった。「この恩はけっして忘れません！」

「ま、いいだろう」ジャヴィアは答えた。

オリヴァーのほうを向き、その髪をなでて、

「パパが出かけたあと、おまえはこの司令室にいるのだぞ、坊や。わかったな？」

オリヴァーは父親を見ずに、うなずいた。

「サンドラとデネイデが面倒を見てくれるだろう」船長はつづけた。「彼女たちのいうことを聞いて、ばかなまねはしないと約束してくれ！」

オリヴァーは頭をあげた。

「約束するよ、パパ」と、高い声でいった。

なんて青い顔をしているのだろう！　ジャヴィアはそう思った。

「よし」かれはいった。「しっかりやるんだぞ！」

「うまくいくといいね、パパ！」オリヴァーは父親の背後から呼びかけた。

ジャヴィアは振り向き、笑いながら手を振った。

突然、船長は立ちどまった。デネイデの通信コンソールから、かすかな信号音が聞こえてきたからだ。ハイパーカム通信の合図だ。

首席通信士はスイッチをいれた。

ハイパーカム・スクリーンは暗いままだったが、その風変わりな声がなにをいっているか、ウェイロン・ジャヴィアはすぐに理解した。七強者の言語にプログラミングされたトランスレーターを胸にさげていたからだ。声はいった。

「巨大船のみなさん、クーラトへようこそ！　お待ちしていました。ナグダル市の北に着陸してください」

「われわれ、巡洋艦で着陸します！」ジャヴィアは叫んだ。

「もう聞こえていませんよ」デネイデはいった。「あなたが返事する前に、また連絡がとだえました、ウェイロン」

「ヴラ＝オルトンの声ではありませんでした」サンドラ・ブゲアクリスが言葉をさしはさんだ。「そもそも、なぜ相手はハイパーカム映像をオンにしなかったのでしょう？」

「たぶん、外見があまりにも風変わりなので、われわれが驚くと思ったからだろう」ジャヴィアは答えたが、同時に、その理由づけがナンセンスであることもわかっていた。

「人類が、コスモクラートの意向に影響をあたえるほど成熟した種族であると知っているなら、風変わりな外見に驚くほど未熟だと考えるはずはありません」サンドラはジャヴィアの思いを口にした。「ウェイロン、クーラトに着陸しないで！　不安です」

ジャヴィアはサンドラの黒い目が涙に濡れているのを見た。

「目的地を目の前にしてひきかえすことはできない、サンドラ」かれはいった。「オリヴァーをたのんだぞ！　わたしがまだクーラトにいるあいだにペリー・ローダンが到着したら、通信で話しあうまで待ってほしいと伝えてくれ！」

「はい、ウェイロン」サンドラは答えた。

ジャヴィアは右手をあげて挨拶する一方、左手で古びた作業服の前を閉じようと、むだな試みをしたあと、ゆっくりと司令室から出ていった。

5

巡洋艦《アイノ・ウワノク》の艦長ウネア・ツァヒディは、反重力シャフトの前でウェイロン・ジャヴィアを待っていた。鋼の柱に見えるシャフトは司令室の中央へとつづいている。

「ようこそ、船長!」かれは持ち前の、のどかな声でいった。

ジャヴィアはライトグリーンのコンビネーションを着た男の顔をちらりと見て、うなずいた。やせ型の、華奢(きやしゃ)といってもいい体格で、顔は暗褐色でしわだらけだ。

「ありがとう、ウネア。わたしはどこにすわればいい?」

ツァヒディはほほえみ、からだをなかばひねって、補助シートをさししめした。それは艦長の成型シートのななめうしろに固定されていた。

「飛行のあいだ、そばにあなたがいてくれるのはうれしいことです、ウェイロン。すみませんが、用意しておいたコンビネーションを着用していただけませんか?」

「すみませんといわれても困る、ウネア」ジャヴィアは答えたが、巡洋艦艦長のびっくりした顔を見て、その肩に手を置いて説明した。「気を悪くさせて申しわけないが、着替えはしない。いま着ているものは新品ではないが、捨ててしまうには惜しいのだ」

ツァヒディはため息をつき、ジャヴィアにすすめたシートを再度さししめした。

ジャヴィアは、すでに補助シートにすわっていたレス・ツェロン、ロワ・ダントン、オムドゥル・クワレク、シリア・オシンスカヤに手を振って合図すると、自分のシートまで行き、そこに身をしずめた。シート・ポジトロニクスが無数のセンサーを通して、かれのからだの大きさを伝え、それによってシートが最適のかたちに変わる。

ツァヒディもシートにすわり、テレカムで《バジス》司令室に連絡した。

「巡洋艦《アイノ・ウワノク》艦長から《バジス》へ。全員そろった」

テレカム・スクリーンに、デネイデ・ホルウィコワの映像がうつった。

「了解、ウネア！　サンドラに切りかえるわ」

次の瞬間、映像は消え、サンドラ・ブゲアクリスにとってかわった。

「《バジス》はケスドシャン・ドーム上空で待機中」ウェイロン・ジャヴィアの代行が報告した。「視界良好。ドームは巨大な鋼製の建物で、探知によれば、高さ百五十六メートル、底面の直径七十一メートル。外観は巨大な卵を半分に割ったようで……光っている」

「光っていてよかったな」ツァヒディはかすかにほほえんだ。「そうでなければ、《バジス》全乗員のために巨大オムレツをつくろうと思いついただろう、サンドラ」

「冗談をいってる場合じゃないわ、ウネア！」サンドラははげしくいいかえした。「クーラトはまったく未知の惑星で、あなたたちにとって危険がひそんでいるかもしれないのよ」

ツァヒディの笑みは消えなかった。

「艦から降りたら、知らない果物はひとつも食べないように注意しよう」

「果物のことじゃなく、万一の敵のことを話しているのよ」サンドラは応じた。

「きのうの敵はきょうの友だ」ツァヒディはわけ知りらしい微笑をうかべた。「人類や他種族の歴史において、つねにそうだった。ところで、わたしは出発の許可を待っているんだが」

「どうぞご随意に、ウネア」サンドラはいった。「幸運を！」

「ありがとう、サンドラ！」ツァヒディは答えた。

かれは操縦コンソール上のセンサー・ポイントをいくつか触り、操艦ポジトロニクスの一プログラムを作動させた。艦が目ざめる。すべてのスクリーンが明るくなり、コントロール・ランプが光り、数字や記号が司令室の乗員の前にある画面をよぎった。

エアロックからのスタート過程はなんの波乱もなく進んだ。操縦システムのほか、それが確認できるのは外側観察スクリーンだけだ。基本的にはコンピュータ画面である。

ウェイロン・ジャヴィアはくつろいだようすでシートにもたれ、作業服のポケットに手をつっこみ、フルーツ・キャンディをとりだして包装紙をはずし、口にいれた。

だが、くつろいでいると見えたのは誤りだった。冴えた頭で、表示と中継映像を目で追っていたのだ。とくに注意を向けたのは、巡洋艦が格納庫エアロックの重力カタパルトから宇宙空間に射出されたときと、艦の下に位置するクーラト地表の拡大映像が下部探知スクリーンにうつしだされたときだ。

まず最初に、ケスドシャン・ドームが目にはいった。サンドラの報告どおり、上半分が巨大な鶏卵を想起させる建造物を見て、やや失望した。見る者が息をのむような、とほうもなく複雑で、いりくんだ建物を想像していたのだ。

同行者たちの顔を盗み見た。多様な感情が見てとれたが、そのすべてに失望がまじっていた。

「この建物で唯一特別なのは、光っていることだな」搭載艦の副長であるメング・ファイシュがいった。

「それだけじゃないわ」巡洋艦の首席探知士であるアコン人、ヴルロンのレージャーがいった。「ドームの外殻は探知技術では識別できない素材からできている……これまでは、こちらの探知機でどんな素材でも識別できると考えていたのだけど」

「重力ジェット・エンジンを作動させよう」ウネア・ツァヒディはいうと、いくつかのセンサーに触れた。

ジャヴィアは思わずうなずいたが、《アイノ・ウワノク》が数分もしないうちに周回軌道から惑星大気圏の上層にまで降下していたのには気づかなかった。重力フィールドに吸引された空気の塊りが、重力ジェット・エンジン内部でとてつもなく強力に加速され、うなるのが聞こえた気がした。重力ジェット・エンジンは、その機能原理において、初期のパルセーターにもとづいている。だが、吸引された空気は内部で核反応により加熱されるのではなく、重力技術で圧縮されるのだ。生じる作用は同じだが、環境汚染をひきおこすことがない。

もちろん、重力ジェット・エンジンは大気圏上層でしか使われなかった。猛烈な乱流が生じるからだ。より下層では、従来のフィールド・エンジンが使用される。

「見ましたか、ウェイロン？」レス・ツェロンが興奮して、叫んだ。

ジャヴィアは物思いを破られ、注意をひこうとして腕を振りまわしているネクシャリストのほうを見た。

「なにをだね、シマリス？」ジャヴィアはためらわずに、ツェロンをあだ名で呼んだ。ネクシャリストはユーモアに富み、そんなことでは憤慨しないからだ。

「あそこです！」ツェロンは叫び、ケスドシャン・ドームの拡大映像がうつるスクリーンをさししめした。「光が明滅している！」

ジャヴィアはドームの映像を注意深く見つめたが、異常なものは見つからなかった。

「ああ、いまはまた、もとどおりに光っていますね」レス・ツェロンはがっかりしたように、いった。「でも、さっきは……」

「ほかにだれか見た者は？」ジャヴィアは訊いたが、全員かぶりを振っただけだった。

「いや、目の錯覚ではありません、ウェイロン」ツェロンは弁明した。

「そうは思っていない」ジャヴィアは答えた。「だが、きみ以外、だれも見ていないからには、たいしたことではなかったのだろう」

「どんな光でもまたたくものよ」シリア・オシンスカヤがいった。

「しかし、ケスドシャン・ドームは本来、完璧に機能するはずじゃないか」ネクシャリストは抗弁した。

「そうでないからといって、そんなに悲しまなくてもいい、レス」ウェイロン・ジャヴィアはいった。「絶対完璧なものなんてないのだ。コスモクラートでさえ、きっと完璧ではないだろう」

ジャヴィアはあらためて、下部スクリーンの観察に集中した。ドーム周辺に不規則に集まっている比較的小型で重要性のなさそうな建物の映像は、一瞥するにとどめた。

つづいて、風通しよさそうに見える皿状の建物が馬蹄形にならんでいる町のようすを、注意深く眺めた。これが、クーラトからの声が述べていたナグダル市にちがいない。というのも、町のすぐ北には、見わたすかぎり、磨いた鋼でできた平原を思わせる宇宙港がひろがっていたからだ。だが、宇宙港には一隻の船もない。ナグダルはあまりにも不毛で荒涼としていて、ゴーストタウンのような印象だ。ただ、どこにも、荒廃あるいは汚染の徴候は見てとれなかった。

南に数キロメートルはなれた場所にケスドシャン・ドームを擁するこの町は、だれも住んでいないように見える。だが、おそらくロボットによってどうやら定期的に、整備されているようだった。

しかし、どういう目的で使われているのだろう?

ウェイロン・ジャヴィアは考えこむのをやめた。クーラトの状況を判断するための前提条件が欠けているからだ。宇宙港とドームの外側にある地域に注意を向けた。

そこには人間の想像する楽園の映像があった。文明の影響で醜悪になることをまぬがれた風景だ。木々におおわれた丘が盛りあがり、大小の川が流れ、青空の下で湖面が輝いている。広大な草原のみずみずしい緑は、ごく最近、雨が降ったことをしめしていた。そこを草食獣の群れが移動していく。

ジャヴィアは眉をひそめた。

この自然はどんな文明の影響もうけず、なにひとつバランスを失わず、農業にも林業にも利用されていない。それでいて、この風景の調和には、どことなく不自然なところがある。目に見えない庭師の手でととのえられ、完璧な調和がもたらされたかのように。

「すばらしい」ウネア・ツァヒディはいった。

「なんだって？」ジャヴィアは怪訝そうに訊いた。

ツァヒディは短く刈った黒い縮れ髪を指でなでつけ、意見を述べた。

「自然のものにしてはできすぎています。この風景には奔放な野性味というものがない。川には堤防もないのに、沖積地がありません。したがって、水面が変化することがない。同じことが湖についてもいえます。森には、有害生物の被害からくる白化した個所も、蔓植物がはびこって枯死した木々もありません。森林火災によって丸裸になった個所もなく、草原のどこにも、動物の死骸や骨はない」

「気づかなかった」ジャヴィアは答えた。「すべてが、きれいすぎるとは感じたが」

「でも、平穏な自然を満喫する住民がひとりもいないのはなぜかしら？」シリア・オシンスカヤが訊いた。

「進化した生物にとり、すべてが役だつわけではない」メング・ファイシュが口をはさんだ。「この自然は自足している。もしかしたら、これは真に知的な者たちがめざして努力している、宇宙における全生命体の恒久平和のシンボルなのかもしれない」

「あるいはな」ウェイロン・ジャヴィアはいった。「一分後には着陸できそうだ」

ツァヒディはうなずいた。細い指がセンサー・ポイントの上をたえまなく動き、環境を損なわず安全に着陸できるよう、制御ポジトロニクスに命令を伝える。

「そうですね。むだに待ちぼうけを食わされず、出迎えをうけることを願うばかりです」ツァヒディは答えた。

ジャヴィアは曖昧なしぐさをした。

かれもまた、なんの問題もなく出迎えをうけたいと願っていた。その一方、クーラトの責任者がペリー・ローダンの到着を待ってから動くこともありえると思った。なんといっても、かれらにとって重要なのはペリー・ローダンのみだからだ。

「着陸許可がおりました」コンピュータ音声が聞こえた。ジャヴィアが目をあげると、下部スクリーン上に、ダンパーとジョイントのある短い着陸脚がひきだされるのが見えた。数秒後、着陸皿の底が宇宙港の表面についた。

「重力アンカー作動」ツァヒディは告げ、振り向いた。「レージャー?」

「未知物体は探知されていません」アコン人は報告した。「分析ゾンデの報告では、百パーセント問題なし」

「すばらしい」ツァヒディは答えた。「百パーセントということは、外には人に有害なものがまったくないという意味だ。つまり、自然または人工の放射も、有害なバクテリアもウィルスもない。この惑星は人類のためにつくられたかのようだな」

「手厚いもてなしだ」ジャヴィアは考えこむように、いった。

「なんですか？」レス・ツェロンは訊いた。

ウェイロン・ジャヴィアはほほえんだ。

「これは、われわれへの特別に手厚いもてなしだよ、シマリス」

ツェロンは一瞬、考え、赤く垂れた頰が震えるほど感情にまかせて叫んだ。

「では、反重力フィールドを展開しよう、友よ。そうすれば、外に出て、招待者に感謝の気持ちを伝えられる！　かれら全員を抱擁し、キスするぞ！」

「断言しないほうがいい。相手が軟体動物だったら、抱擁したいとは思わないだろう」

ジャヴィアは警告して立ちあがった。「それ以外のアイデアはたいへん有用だ。では、ふたりで新鮮な外気にあたりにいこう！」

「待ってください！」ウネア・ツァヒディが叫んだ。「あと二、三人、同行させましょう、ウェイロン」

「なぜだ？」ジャヴィアは啞然として訊いた。「わたしひとりでも、道はわかる」

「でも、あなたは武器ひとつ所持していない！」

「それがどうした！　レスも武器はもっていない。ちっぽけなコンビ銃など所持したって、蚊が恒星にはむかうようなものだ。武器を携帯することは、先方にけっしていい印象をあたえない。それに、われわれを殺したって、なんの利益にもなるまい」

「ということは、だれかがここで、わたしたちを殺すつもりだと思うのですか？」シリア・オシンスカヤが訊いた。

「いや、そうじゃない」ジャヴィアは腹だたしげに答えを返した。「なぜ武器のことなんか口にした、ウネア！　この話題は終わりだ。さ、シマリス、すこしあたりを見てまわろう！」

6

「これ以上、先には行けない」ウェイロン・ジャヴィアとレス・ツェロンは、巡洋艦から三キロメートルほどはなれた場所にある宇宙港管理ビルについたが、そこが閉まっているのを確認した。

「どうやら、発展途上の者たちとの接触には興味がないらしいですね」ツェロンはいった。「でなければ、とっくに、われわれに気づかいを見せているはずです」

「そんな理由ではあるまい」ジャヴィアは応じた。「かれらは《バジス》もここに着陸するものと思い、そのあとで、われわれと接触する気でいるのかもしれんな」

「それなら、そうと連絡してくるはずです」ネクシャリストは意見を述べた。「こちらにどうしてほしいのか、通信でたずねたらどうですか？　たしかにここには《バジス》が着陸するに充分なスペースがありますが」

ジャヴィアはかぶりを振った。

「われわれの〝ぽんこつ船〟は、こんどの計画において、基地として存在しているのだ、レス。したがって、基本的には、どこにも着陸しない……きわめて特殊で、限定された場合をのぞいて」

「あるいは、船長の裁量によって」

「わたしは軽率な判断はくださない」ジャヴィアは町の北縁にある皿状の建物群に目をやった。「この町はだれのためにに築かれたものかを、ぜひ知りたい。おそらく、人類のためではないだろう」

かれはアームバンド通信機のスイッチをいれ、《アイノ・ウワノク》を呼んだ。ウネア・ツァヒディが応答した。

「七強者の言語でドームに通信を送り、こちらにどうしてほしいのかを訊いてもらいたい。このままテレカムはつないでおく!」ジャヴィアはいった。

「了解しました」ツァヒディは答えた。

ジャヴィアの耳に、ツァヒディが通信士に指示を伝えているのが聞こえてきた。そのあと、しばらく静寂があった。

「応答なしです、ウェイロン」二分ほどして、ツァヒディがいった。「このまま呼びつづけましょうか?」

「そうしてくれ。レスとわたしは艦にもどる。ここではなにもできない。すくなくとも、空気だけは未踏の地のように澄んでいて、われわれにぴったりの快適さだが」

「昆虫はいますか？」ツァヒディは訊いた。

「ふむ」と、ジャヴィア。「まったくわからん、ウネア。ともかく、蚊の一匹にも刺されていない」

「クーラトにはまちがいなく昆虫がいます」レス・ツェロンがいった。「降下中に、花盛りの灌木（かんぼく）や野原をたくさん見ました」

「風媒花というものもある、レス」ジャヴィアは答えた。

ツェロンは不機嫌そうに息をはずませた。

「草や一部の樹木では、たしかにあります、ウェイロン……樹木の場合は、たんに受粉の補助手段として。でも、そういう草の花がまったく見栄えのしないものであることは、ご存じでしょう？　つまり、こうした花は風が吹けばいいので、送粉者を誘う必要がないのです。ですが、昆虫によって受粉される花の場合は違います。豊かな色彩と、しばしば香りによっても、昆虫を誘います。わたしが観察したのはそれですが、宇宙港では見られません。ですから、昆虫はここまではこないのでしょう」

「ご教示をどうも、シマリス！」ウェイロン・ジャヴィアはいった。

突然、かれは顔をしかめ、作業服のポケットからティッシュペーパーをとりだし、むきだしの頭蓋についた汚れをふきとった。

「クーラトには、どうやら鳥はいるらしい」かれは簡潔にコメントした。

「におうもの、すべて黄金にはあらず」ツェロンは陽気に感想を述べ、鼻をくんくんいわせた。「雨のにおいがします、ウェイロン。急いだほうがいい。わたしのコンビネーションは防水仕様ですが、あなたのその服装では……」

ジャヴィアはにやりと笑った。

「においだけではない。目にも見える」南西を指さし、「あそこではもう本降りで、われわれのいるこの場所に向かってくる。きみの脚が口と同じくらい速いといいがね、シマリス。いずれにしても、わたしは速いぞ」

ジャヴィアは大股で疾走した。恒星が厚い黒雲の向こうに姿を消していく。ジャヴィアが巡洋艦の着陸している平地まできたとき、背後で土砂降り（どしゃぶ）りの雨が降ってきた。

さらに数歩すすんだところで振り向いたジャヴィアは、レス・ツェロンが髪をびしょ濡れにして、宇宙港の地面に瞬時にできた水の層を走りぬけてくるのを見て、笑った。

突風によって雨が顔にたたきつけてきた。ジャヴィアは目を閉じ……ふたたび開いたとき、ネクシャリストの姿は消えていた。

次の瞬間、背後でレス・ツェロンの声がした。

「いったい、なにを待っているのですか、ウェイロン？」

ジャヴィアは身をすくめ、振り向いた。目の前にレス・ツェロン本人が立っている。一秒たらず前には、まだ、十五メートルほどはなれた雨のなかにいたのに。

頭がくらくらした。

「どうしたのですか、ウェイロン？」ツェロンは心配そうに訊き、船長の左腕をとった。「なんてこった、まるで死体みたいに青ざめているじゃないですか！」

だが、ジャヴィアはすでに、もちなおしていた。

「レス、きみはどれくらいの速さで走るのかね？」かれは訊いた。

「百メートルを十四秒で走ったことがあります」ネクシャリストは答えた。「でも、まだ高校に通っていた二十年前のことです」

ジャヴィアはこのちょっとしたごまかしを聞きながした。二十年前、レス・ツェロンは、すでにネクシャリスト養成大学に通っていたからだ。

「では、たったいま、どうやったら十五メートルを一秒で走ることができたのだ？」

ツェロンはあっけにとられて、ジャヴィアを見つめた。

「十五メートルを……一秒で？　わたしが？」かれはジャヴィアの腕をはなすと、一歩しりぞいた。「あなたがそんなに青ざめていなかったら、からかわれたのだと思ったかもしれません。わたしはたぶん、五メートルなら一秒で走れるでしょうが」

ジャヴィアはうなずいた。

「それなら、わたしの見積もりにも合致する。とはいえ、きみはわたしが目を閉じていた一秒間に、十五メートル走ってのけたばかりか、わたしを追いぬいたのだ。きみはテレポーターなのか？」

ツェロンは目を閉じた。その顔から、注意力を集中しているのが見てとれた。しばらくして目を開けると、かぶりを振った。

「だめです、ウェイロン」と、真顔でいう。「意識せずにテレポーテーションができるかとためしてみたのですが。わたしがテレポーテーションしたと、本気で思ったわけではないでしょう？」

「もちろん違う、レス。つまり、あれは一時的な現象だったのだ。最初はかなりショックをうけたが、クーラトでは、こういうことが日常的に起きるのかもしれないな」ジャヴィアはツェロンを凝視し、「ともかく、そうであってほしいものだ」

そういうと、向きを変え、艦内への反重力シャフトの入口に向かって、黙々と歩いていく……

＊

ハイパーカムの三次元スクリーンに、サンドラ・ブゲアクリスとオリヴァー・ジャヴィアの姿がうつっていた。まるで、巡洋艦の司令室にいるかのようにリアルに見える。

この数時間は会話にくわわっていなかったロワ・ダントンが、シートから立ちあがり、ウェイロン・ジャヴィアとならんでハイパーカムの前に立った。

「デメテルに変わりはないか、サンドラ？」ロワは言葉を押しだすようにいったあと、

「会話に割りこんだりしてすまない、サンドラ、ウェイロン」

「気持ちはわかります、ロワ」ジャヴィアは相手の肩にキルリアンの手を置いた。実験事故にあって以来、ジャヴィアの手を青く輝かせるようになったオーラの効果で、ロワはやっとおちついた。「あなたの立場なら、わたしだってそうなったでしょう」

「デメテルの状態は変わりません」サンドラはいった。「とくにニュースもありません。そちらは、ジャヴィア？　あなたの顔つきが気になります。なにか心配ごとでも？」

「心配ごとなどあるわけがない、サンドラ」ジャヴィアは返した。「万事、異状なしだ。これまでのところ、呼びかけへの応答はないが、そのことに重要性はないだろう。明朝、シフトでドームまで飛び、すこし見まわるつもりだ。六時間すれば夜も明ける。ペリー・ローダンはまだ到着していないのか？」

「まだです。最後にここへきたときの言葉から察するに、まだ三時間はこないでしょう。到着したら、なにか伝えておきましょうか、ウェイロン」

「こちらから連絡するまで待つようにたのんでくれ」ジャヴィアは答え、息子の青白い顔を心配そうに見た。「オリヴァー、ぐあいはどうだ？」

「元気だよ、パパ」オリヴァーは答えた。

とうてい元気そうには聞こえない！　ジャヴィアはそう思ったが、自分の胸にしまっ

ておいた。

「疲れたなら、二、三時間でも眠ったほうがいい」ジャヴィアはいった。「サンドラ、ビタミンCを息子にあたえてほしい。場合によってはキャビンに連れていってくれ」

「眠くないよ！」オリヴァーは逆らった。「それに、キャビンへの行き方なら、パパよりぼくのほうがよく知ってるよ」

ジャヴィアはほほえんだ。

「必要なときはシートを倒して、そこで眠ってもいいんだ。じゃ、またな、オリヴァー！　またあとで、サンドラ！」

「ではまた、ウェイロン！」サンドラ・ブゲアクリスはいった。

ジャヴィアは通信を切り、一分間ほど身じろぎもせず立っていた。それから、「すぐにシフトが必要だ、ウネア。ドームに向けて飛ぶ前に、すこし周辺と町を見物したほうがいいかもしれん」と、いった。

ウネア・ツァヒディはいぶかしげにジャヴィアを見つめた。

「ペリー・ローダンが到着するまでに、状況を把握したいのですね、ウェイロン？」

「ある程度はな」ジャヴィアは弁解した。「何時間もクーラトの上空にいながら、一度もドームを近くから見ていないというのでは、ばつが悪いじゃないか」

ツァヒディは微笑をうかべた。

「シフトを用意しましょう。わたしもお伴します」

「なぜ？」ジャヴィアは訊いた。「できれば、ひとりで行きたいのだ。ほんのすこし飛びまわって状況を調べるだけだから、だれの同行もいらない」

「未知の危険を予測しているからこそ、ひとりで飛ぼうとしているのでしょう、ウェイロン」ツァヒディは深刻な顔をした。「それはあなたの優しさかもしれませんが、策としては間違っています。ひとりで飛んで、もしもどってこなかったら、あなたの身になにが起きたのか、だれにもわかりません。おそらく、ひとりでないほうが、未知の危険を切りぬけるチャンスは大きいでしょう」

ウェイロン・ジャヴィアはため息をついた。

「ま、いい。わたしが危険を予測しているのは事実だ。だが、それは勘にすぎない。たぶん、思いすごしだろう。われわれはクーラトに歓迎されている客なのだから」

ツァヒディはインターカムのスイッチをいれて、

「シド、格納庫エアロックにシフトを出して、六人ぶんの装備を用意してくれ。未知領域への遠征に必要とされるものすべてだ！　よろしくたのむ！」

「そこまですることはないぞ」と、ジャヴィア。

「もちろん、そう思うでしょう、船長」ツァヒディは認めた。「でも、わたしの提案を断るわけにはいきませんよね。こちらのいうことが正しいと、わかっているから」

　ジャヴィアはそっけなく笑った。

「きみも老獪だな！　わかったよ、ウネア。だが、だれかを強制的に同行させたくはない」

「それじゃ、わたしたち、なんのためにきたのですか？」シリア・オシンスカヤが、「いずれにせよ、わたしは同行します」

　それ以外の者たちも、《アイノ・ウワノク》にとどまっているつもりは、まったくないと意思表示をした。ツァヒディが副長に巡洋艦の指揮をまかせたあと、全員でシフトの格納庫に向かった。

7

「飛翔装置?」シフトを点検したウェイロン・ジャヴィアはいった。「なぜ飛翔装置がいるのかね、ウネア?」

華奢なからだつきをした巡洋艦艦長は、

「だったら、なぜ十四日ぶんの食糧と医薬品が必要なんです、ウェイロン?」

「それは全シフトの基本装備じゃないか」ジャヴィアは答えた。「だが、飛翔装置は違う。ま、いい。きみの意向だから。そのかわり、操縦はわたしがひきうける」

「わたしはインパルス砲を」ロワ・ダントンがいった。

「武器に触らないでください!」ジャヴィアは意図していたよりも、つっけんどんにいった。「万一の危険に対して、発砲は正しい答えではないと思います」

「すまない」ダントンは面くらって、「わたしはときどき、先史時代の慣習に逆もどりしてしまうのだ。まるで化石だな。皮肉屋にいわせれば、その時代には、まず撃ってのち、相手の望みをたずねたという」

「誇張しているんじゃありませんか？」シリア・オリンスカヤが懐疑的にたずねた。

「それも、非常に。むろん、このモットーにしたがって行動したのが犯罪者だけというわけではなかったが、多くの人々は自分自身の不安にやられたのだ」ダントンは左側窓ぎわ二番めのシートにすわり、「よければ、左舷監視をひきうけよう、ウェイロン」

ジャヴィアはうなずき、操縦席についた。

「了解です、ロワ。父上がそうでないのと同様、あなたは化石ではありません。ただ、父上はここ数百年の決定的な変化に対し、あなたよりはるかに真剣に向きあってきた」

「わかっている。わたしはなまけ者だった」ダントンは小声でいった。

「精神的に閉じこもっていたのです、ロワ」ジャヴィアは答えた。「だれでも一度は克服しがたく思われる問題に直面し、なんらかの方法でそれを回避しようとするもの」

ジャヴィアが核反応炉の出力を最大にすると、ウネア・ツァヒディのほうは通信を介して格納庫のエアロック・ハッチを開けるよう指示した。外側ハッチが滑り開くと、ジャヴィアは反重力装置を作動させ、乗り物が無重力状態になるようにした。あとは、インパルス・エンジンを始動に切りかえるだけでよかった。シフトは主翼を使って、過去の時代のジェット機のようにスタートした。

ツァヒディは機首前方の強力な投光照明のスイッチをいれ、おもに、探知機の表示に注意を集中した。

巡洋艦がシフトの後方に、あっという間に遠ざかった。ウェイロン・ジャヴィアはまず東に向けて操縦し、数分後には高さ五十メートルほどの建物を飛びこえた。建物からは、さらに高さ三十メートルになる漏斗形の制御塔がつきでていた。

「ここでも動きはまったくない」ジャヴィアはいった。「すべてが死に絶えたようだ」

「たぶん、クーラトに客がくるのは、特別な機会のみなのだろう」ダントンはいった。

「儀式や集会があるようなときだ」

「あるいは、あらたな深淵の騎士の任命式に臨席するため」オムドゥル・クワレクが敬意をこめていった。

「任命式！」シリア・オシンスカヤが皮肉っぽくいった。「あなたはまさか、深淵の騎士が、大昔のテラの騎士のように刀礼で叙任されると思っていないでしょうね」

「いずれにしても、特別に感銘をあたえるような儀式にちがいない」エルトルス人はいいかえした。

ジャヴィアは南へコースをとった。夜風に揺れているような照明の列がいくつか見えるのみだった。おそらく、建物の上部および側面との境いをしめすことで、パイロットが回避できるようにするための警告灯だろう。

ほかに飛びまわっている乗り物もないし、エレクトロンによる近代的補助手段があれば、警告灯は不要なのに！　ジャヴィアは考えこんだ。

シフトの高度をあげると、遠くにケスドシャン・ドームの輝くようすが見えた。その光景は昼間よりも夜のほうが印象的だった。

　突然、かれは目を細めた。

　ドームが明滅したではないか！

「ほら、また！」レス・ツェロンは興奮して叫んだ。

「なにが？」ダントンはたずねた。

「ドームの灯が明滅したのです」ジャヴィアはいった。「短いあいだだけだから、興奮するにはあたらない、シマリス。この明滅は前もってプログラミングされていて、ごくあたりまえのことなんだろう」

　ロワは急に、身ぶるいした。

「どうしたのですか？」うしろにすわっていたシリアが訊いた。

「隙間風が冷たかっただけだ」ダントンは答えた。

「シフト内は密閉されていますよ」ツァヒディはいった。

「では、わたしの思いこみにすぎなかったか」ダントンは無愛想にいうと、腕を組んだ。

　ジャヴィアはなにかいおうとしたが、唇を結んで黙っていた。周囲のいたるところに、目に見えない不気味ななにかが待ち伏せているように感じる。だが、口に出すわけにはいかなかった。そんなことをすれば、全員、ヒステリー状態におちいってしまう……こちらがヒステリックに行動したら、ケスドシャン・ドームの管理者はどう思うだろう？

「たぶん、すべては試験なのだろう」かれは、ひとりごちた。

「考えられることです」ツェロンは意見を述べた。

「試験って、なんのですか？」シリアは訊いたが、声には興奮した響きがあった。

ジャヴィアは無頓着をよそおって無理に笑い、異生物心理学者のほうを振り向いた。

「われわれの忍耐がためされているのだよ、シリア。ともかく、わたしはそう思う。きみが相手の立場だったら、どういう連中がやってきたのか知りたいと思うだろう。太古の監視騎士団の聖域に近づいた者が、どんな精神の持ち主かということだ」

シリアはため息をつき、うしろにもたれかかった。

「納得です、ウェイロン。恐怖を感じはじめていたのですが、それでおちつきました」

「だろう！」ジャヴィアはいったが、当の自分はとてもおちつけなかった。

テレカムが鳴り、かれはスイッチをいれた。気分転換ができて、ほっとした。

スクリーンにメング・ファイシュの顔があらわれ、

「異状はありませんか？」と、訊いた。

「そうたずねる根拠があるのだな、メング」ウネア・ツァヒディはいった。「きみのことは、よく知っているのだ」

ファイシュはゆがんだ笑みを浮かべた。

「そのとおりです、艦長」かれの顔には不安の表情があった。「レージャーがひどくおかしなものを探知したのです。既知の概念では定義できないので、〝ハイパー構造境界層の明滅〟と呼んでいますが」

「それでは、なにもわからんな」ツァヒディは答えた。

「わたしもだ」ジャヴィアはいった。「レージャーを呼んでくれ！」

「切りかえます」ファイシュはいった。

「こちら、レージャー」女アコン人の姿がスクリーンにうつった。「理解不可能な表現だと思いますが、わたしはハイパー物理学者ではないので。この十分間に、構造走査機が三度、短く反応しました。そのさい、五次元連続体のハイパー構造境界層が明滅したのです」

「どこで？」ジャヴィアは訊いた。

「いたるところで！」レージャーはとほうにくれたように、「ばかげて聞こえるでしょう。構造走査機の分析ポジトロニクスが正しく機能していないのかもしれません。ポジトロニクスはあらゆる五次元連続体のハイパー構造境界層について言及しました」

「キエルラウデは、なんと？」ツァヒディが口をはさんだ。キエルラウデ・ウールヴァは巡洋艦の女性技師で、イマルト人だ。

「分析ポジトロニクスは申しぶんなく作動しているそうです」レージャーは答えた。

「境界層の微光が意味するところは、われわれの属する宇宙の五次元構造内部で起きた出来ごとが、この四次元時空連続体に影響をおよぼしているか……あるいは、その逆だ」ウェイロン・ジャヴィアはいった。「だが、原因がこのアインシュタイン空間にあるとしたら、とっくになにか気づいたはず。というのも、あらゆる五次元連続体の境界層が明滅したのなら、それは宇宙の根幹を揺るがしかねないほど圧倒的な出来ごとであるにちがいないからだ」

「わたしは、それがアインシュタイン連続体に影響しているのではないかと思ったのですが。クーラトにも」ヴルロンのレージャーは自信なさげにいう。

「いや、五次元の出来ごとがそれほど直接的にアインシュタイン空間に影響することはないだろう、レージャー」ジャヴィアは彼女をなだめた。「さもなくば、ノルガン・テュア銀河は粉々になって吹き飛んだかもしれない……比喩的にいえば。観察をつづけてくれ！　われわれは飛行をつづけ、数分後にはナグダルの北端に到着する。以上だ」

「いったい、どういう意味なのだ？」ロワ・ダントンが困惑して訊いた。

ジャヴィアはとほうにくれたようすで、

「説明できません、ロワ。五次元または六次元領域での出来ごとのほとんどは、われわれの知覚ではとらえることができず、したがって、究明もできないのです。しかし、それらの領域でなにかが起きているのは疑いない」

「その出来ごととケスドシャン・ドームの関連性は？」レス・ツェロンが訊いた。

「わからん！」ジャヴィアはやけになって答え、奇妙な町の建物すれすれのところを飛んだ。「イスジャーふたつでクランダーひとつが手にはいるかと、訊くのと同じだ」

「なんですか、イスジャーにクランダーとは？」ツェロンは訊いた。

ほかの全員がどっと爆笑したので、ジャヴィアは憤慨した。

＊

町に長くはとどまらなかった。接触できるような者がひとりもいない……あるいは、見つからなかったからだ。

卵形の外観をもつ似たような建物には鍵がかかっていなかった。家具調度の多様さから推測して、さまざまな知性体種族のために建てられたものであることがわかった。小型のロボット装置が通廊を浮遊したり、壁や床を這いまわったり、機械を整備したりしていた。おそらく遠隔操作されているのだろう。これらの装置から情報をひきだそうとする試みは失敗に終わった。ロボットは訪問者になんの注意もはらわなかったのだ。

夜が明けかけたころ、シフトはドーム前の広場に近づいた。宙航士たちは、輝く巨大な丸屋根を、金縛りにあったように見つめた。ドーム管理者たちは、そろそろ接触するつもりがあるのか、それとも、拒否するつもりなのか。

「ドームから百メートルほど手前に着陸する」ウェイロン・ジャヴィアは同行者たちに伝えた。「あまり近づきすぎて、だれかの感情を害してもいけないから」

自分がドーム管理者の感情を害するのを恐れているわけでは、まったくないことに気づき、赤面した。相手はまちがいなく円熟した賢者たちであり、もともとメンタリティの異なるほかの存在を認め、相応の配慮を見せている。じつのところ、ジャヴィアが恐れていたのは、直接の接触だった。

広場の地面に幅ひろい無限軌道が触れるまで、慎重にシフトを降下させた。下からドームの尖端を見あげたとき、身の毛のよだつ思いをおさえることができなかった。

「あそこに！」ウネア・ツァヒディがささやき、前方をさししめした。

見ると、ドーム下部の大きいアーチ形の正面入口に、一生物があらわれた。

ジャヴィアは思わず息をつめた。

生物はまぎれもなくヒューマノイドで、身長は一・八メートルほど。胴体ひとつ、脚二本、腕二本、頸と頭がひとつずつある。皮膚は象牙色で、極上の磁器のように滑らかで、しみひとつなかった。

顔もヒューマノイドらしく、口がひとつ、耳がふたつ……だが、目は三つある。第三の目は鼻のつけ根の上にあり、まるい複眼のようで、額から半球状につきでていた。

生物は金色のサンダルをはき、歩くたびに襞（ひだ）が動く軽（かろ）やかな白いケープをまとっていた。シフトに近づいてくる。髪はなく、蛇の群れに似たものを頭にかぶっている。それはうなじをこえて、背中からつきでた退化した二枚の翼らしきものまでつづいていた。

ジャヴィアはハッチを開けて外に出た。同行者たちもそれにつづいてシフトの前に立ち、その生物を待ちうけた。

ウェイロン・ジャヴィアの胸中で、ふたつの分裂した感情が戦っていた。高揚感と屈辱感だ。高揚したのは、このドームの主とも従者ともつかぬ者が、明らかに挨拶にきたからだった……屈辱感をおぼえたのは、同行者たち全員が、神を目の前にしたかのように、うやうやしく、この生物を見つめているからだ。

だが、感情の葛藤をどうすることもできなかった。最良の礼儀作法をしめすには、ひかえめな態度と配慮が要求されるからである。

生物は宙航士たちの数十センチメートル手前で立ちどまって、なにかいった。かれらは全員、その言葉を理解した。トランスレーターを作動させていたからだ。

「ケスドシャン・ドームへようこそ、親愛なるみなさん。わたしの名はエターナツェル、百十六人いるドーム管理人のひとりである。あなたがたをドームに案内するために、やってきた」

もったいぶったやつ！　ジャヴィアはそう思ったが、口に出してはこういった。

「友好的なお出迎えに感謝する、エターナツェル。自己紹介しよう……」

それぞれが名乗ったあと、ジャヴィアは思った。ドームでなにが待ちうけているのか。おそらく、内部は貴金属と高価な宝石で飾られ、高らかにファンファーレが……

ばかな！　と、自分にいいきかせた。過去および現在のテラの慣習と比較すべきではない。ケスドシャン・ドームは巨大ポジトロニクスかハイパー・インポトロニクスだろう。それにくらべれば、ネーサンなど、教師を前にした生徒にすぎない。

「では、ついてくるように！」エターナツェルはいうと、向きを変えた。

ジャヴィアはしたがおうとしたが、光の明滅を感じ、ぎょっとしてドームを凝視した。左足は宙に浮かせたままだ。

「あれはなんだ？」オムドゥル・クワレクが、かろうじて聞きとれる声でささやいた。

エルトルス人は、テラナーとくらべて、はるかに鋭い感覚をもっている。

ジャヴィアはクワレクが指さしているものを見て、また足をおろした。

ドーム前の滑らかな敷地が変貌を遂げ、こまかく砕けた無数の石片になりはてていた……しかも、明るかった恒星の光までが暗くなった。テラの真夜中のようだ。

「エターナツェル！」ショックがひいたあと、ジャヴィアは叫んだ。

ドーム管理人は振り向いたが、同情と尊大さのいりまじった表情を浮かべて、

「あなたがたが恐れるようなものではない。安心してついてくるのだ」

「かれはなにかたくらんでいる」レス・ツェロンがいった。「ドームはまたもとどおり

光っています」

エターナツェルがあらためてドームに向かうと、宙航士たちはためらいがちに動きだした。ウェイロン・ジャヴィアはドーム管理人の、しわの多い淡黄色の皮膚におおわれた翼のなごりを見つめ、非現実感に揺さぶられながら考えた。この種の生物は、かつてほんものの翼をもち、人類には天使に見えたのではなかろうか。

かれはこの考えをすばやくしりぞけたが、意識下では想像のイメージが膨らんでいった。宇宙船が地球に着陸し、エターナツェルの先祖と石器時代のテラナーが出会うというイメージが。

突然、右足がくるぶしまで沈みこんだ。ジャヴィアはよろめき、もうすこしで転倒しそうになった。びっくりし、自分の立っている湿地の風景を仔細に観察した。左足はちいさな草地に立っているが、右足は泡だつ泥沼にはまっていた。

左のほうから息のつまりかけたような叫びが聞こえた。目をあげると、シリア・オシンスカヤが膝まで泥沼にはまり、やや大きめの草地に立っているウネア・ツァヒディとロワ・ダントンのふたりが、彼女をひっぱりだそうと苦労しているのが見えた。

ジャヴィアは急いで右足を泥沼からひきぬいて草地にあげ、右側にいたレス・ツェロンとオムドゥル・クワレクのほうを見た。

エルトルス人は頸まで泥沼につかり、目を閉じていた。その態度に、なぜか腹だたしさをおぼえた。レス・ツェロンのほうは、切り株にすわって、理解不能な言葉をつぶやいていた。

　エターナツェルはどこにいるのだろう？

　ジャヴィアは前方に目をやった。

　そこにドーム管理人が立って……いや、浮遊していた！　サンダルの底が沼の水面すれすれのところにあった。かれは浮遊したまま振り向いて、両手をあげた。

「なにを恐がっている！」見くだしたような、もったいぶったいい方に、ジャヴィアはかっとなった。「聖なる約束の場所まで行くのだから、わたしを信頼しなさい！」

　あっという間に、沼地の風景は消え、波紋を描く砂漠にとってかわった。恒星はもとの輝きをとりもどしている。

　ジャヴィアは振り向いた。町の風景も消えていたが、意外には感じなかった。いま立っている場所には、砂でできたむきだしの濃いグレイの岩山がそびえていた。

「たったいま、沼にはまりこんでいたのに」クワレクがつかえながら、いった。

　ジャヴィアは砂にすわっているエルトルス人を見た。右のほうには、いまなお異生物心理学者をはさんでダントンとツァヒディが立っていた。

「こちらへ！」エターナツェルは大声で呼んだ。

「いや、断る！」ウェイロン・ジャヴィアは怒りをこめて叫んだ。「もてあそばれたくないのだ。もし、実験動物のようにわれわれの反応をためすつもりなら……」

「待ってください、ウェイロン！」シリアが声をあげた。「自制心を失ってはなりません。とはいえ、わたしもばかげたトリックはごめんです。エターナッツェル、万事が正常になるようにとりはからってください。でないと、あなたについてドームに行くのを拒否しますよ！」

ドーム管理人は悲しげな表情を浮かべた。

「トリックではない、友よ」その声からは、もったいぶりが消えていた。「ケスドシャン・ドームへの道は、つねに骨の折れるものなのだ。わたしにはそれを変えることはできない。でも、まもなく到着する。そうすれば、あなたがたの信頼は報われるはずだ」

「報われることなど、もとめてはいない」ロワ・ダントンがいった。「ウェイロン、もう一度試みよう。もし、さらなるトリックがあったら、すぐにひきかえせばいい」

「シフトがまたあらわれるなら、賛成です」ツァヒディが意見を述べた。

ジャヴィアは目の前が揺らめいたのを感じ、目を閉じた。だが、それは一時的なものだった。

「見まわしてみるがいい！」エターナッツェルの声がはるか遠くから聞こえてきた。

ジャヴィアは目を開けた。揺らめきは消え、砂漠もまた消えて、ふたたび、滑らかな、説明しがたい物質の上に立っていた。振り向くと、二十メートルほど向こうに、シフトが見えた。

「いいだろう、エターナッツェル」かれはいった。「もう一度、ためしてみよう」

8

ドームまでは、あと三十メートルほどだった。ウェイロン・ジャヴィアは考えていた。自分たちに風景の変化を信じさせた者、または機器は、なぜほんものの泥を用意してまで沼にはまらせたのだろうか、と。そのとき、けたたましい笑い声が聞こえ、物思いからさめた。

笑い声は左のほうから聞こえた。目をやると、シリア・オシンスカヤが地面にすわり、からだを揺すって笑っていた。

ジャヴィアはすぐさま、ドーム管理人のほうを向いた。だが、振り向いたエターナッエルはいう。

「彼女は勝手に笑っている。なにかに影響されたわけではなく」

ジャヴィアはシリアのもとに急ぎ、オムドゥル・クワレクとレス・ツェロンもついていく。異生物心理学者のそばにはダントンとウネア・ツァヒディが膝をついており、結果的に同行者全員が集まった。

「どうしたんだ、シリア？」ツァヒディがたずね、手をつかもうとした。

だが、彼女はその手をはらいのけ、笑いつづけた。

ジャヴィアは膝をつき、キルリアンの手をシリアの肩に置いた。

女は不意に笑いやみ、頭を振って、おちつきのない目でジャヴィアを見つめた。

「ここでなにをしてるの、メシェシェル？　どうしてお父様を解放しにいかないの？」

ジャヴィアは愕然とした。シリアは正気を失っているようだ。それでも驚きをかくし、まずシリアの言葉に耳をかたむけようと決心した。

「きみはだれなんだ？」と、ささやいた。「見おぼえがないが」

シリアは考えこむ表情をうかべた。

「わたしがわからないの、メシェシェル？　わたしは……わたしはだれなの？」彼女は顔の前で両手をたたき、すすり泣きながら、「忘れたわ。自分の名前を忘れたの。でも、あなたのお父様が牢獄にはいって、あなたが助かったことは忘れないわ」

「ケペルは解放された」だしぬけに、ロワ・ダントンがいった。「メシェシェルの父ケペルは脱出できたのだ。安心しろ、シリア！」

ジャヴィアはダントンが目くばせするのを見て、ほっとした。

「シリア？」異生物心理学者は不意に、子供っぽい高い声で、「わたしはシリア？　じゃ、あなたはアモンのはずよ。悪魔のアモン。エジプトの富をむさぼった……」

彼女はふたたびけたたましく笑ったが、数秒後には、笑いやみ……晴れやかな目で、ダントンの顔をじっと見て、いつもの低い声でいった。

「ロワ、わたし、なにをいいました？」

「きみはウェイロンをメシェシェルだと思い、かれが父親ケペルを見殺しにしたといって責めたのだ。どちらの名前も古いテラの歴史に登場する。より正確にいうと、エジプトのラムセス王朝の歴史に。アモンもそうだ。きみはわたしをアモンだと思っていた」

「でも、わたしは古代テラの歴史を知りません、ロワ」シリア・オシンスカヤは答えた。「わたしがあげたという名前は、これまで一度も聞いたことがありません」

「奇妙だな」ジャヴィアはいった。

「どうして、ついてこないのだ？」エターナッツェルが呼んだ。

ジャヴィアは目をあげた。一瞬、地面が揺れるように感じた。かれはかぶりを振ると、もう一度、ドーム管理人がいるはずの場所に目をやった。

だが、エターナッツェルの姿は消えていた。

ジャヴィアは背筋をのばし、四方八方を見まわして、

「いなくなった。エターナッツェルがあとかたもなく消え失せた。たったいま、声を聞いたばかりなのに。それとも、わたしの思いこみだったのだろうか？」

「いいえ、わたしも聞きました」ツァヒディがいう。

ほかの同行者たちも、エターナツェルが話しかけてきたことを認めた。

「かれはテレポーターかもしれない」ツェロンはいった。

「これから、どうするのですか？」シリアはたずねた。

「もちろん、ドームに行く！」クワレクが提案したが、不意によろめいたあと、震えながら膝を折った。胸の前で両腕を組み、強い痛みに苦しむかのように身をよじった。

ジャヴィアのアームバンド通信機が鳴った。スイッチをいれると、画面にメング・ファイシュの顔がうつった。狼狽（ろうばい）しているように見えた。

「なにがあったんだ、メング？」かれは訊いた。

「わたしは……わたしには理解できません」ファイシュはつっかえながらいった。「三十秒ほど前に救難信号をとらえました。ハンザ船かLFT船のものでしたので、すぐに《バジス》に連絡して、そちらでも信号をとらえたか訊こうとしました。でも……《バジス》が応答しません。応答しないのです、ウェイロン！」

ジャヴィアは冷静さをたもつために、意志の力を振りしぼらなければならなかった。

「パニックになるな、メング！　探知はできているのか？」

ファイシュは深呼吸した。

「はい。《バジス》は変わりなく、ケスドシャン・ドーム上空の周回軌道にいます」

ウネア・ツァヒディがジャヴィアのそばに歩みよった。かれも自分のテレカムのスイッチをいれていた。

「スペース＝ジェットを呼んで、それで《バジス》まで飛びましょう、ウェイロン」かれはいった。「救難信号は《バジス》から送られたにちがいありません」

「了解した」ジャヴィアは応じた。「聞いていたか、メング？」

「はい、ウェイロン。すぐにスペース＝ジェットをさしむけます」

「なにが起きたのだろう？」レス・ツェロンが訊いた。

ジャヴィアは目を上に向けた。まるで、宇宙空間にいる《バジス》が晴れた空に見えるかのように。叫ぶまいと唇を結んだ。息子の身を案じ、気が変になりそうだった。《バジス》の通信機能が完全に故障するなど、不可能に等しかった。ほかのすべての装置と同様、ハイパーカム通信装置も三基ある。それがすべて故障しているなど、どうして信じられようか。

「みんな、どうしてオムドゥルを気づかわないのですか？」シリアが非難するように訊いた。「ひどく痛がっているようだけど」

ジャヴィアは一時的にでも《バジス》とオリヴァーへの心配から気をそらすことができて、ほっとした。エルトルス人のほうへ飛んでいった。クワレクはいまなお膝をつき、身をよじっている。毛穴の大きい顔から汗のしずくが垂れていた。

ジャヴィアは医療ボックスを開け、鎮痛用の注射プラスターをとりだして封をはがし、クワレクのうなじに押しあてた。

エルトルス人はうめき声をあげたあと、何度も深呼吸した。

「わたしのいうことが、わかるか、オムドゥル？」ジャヴィアは大声で訊いた。

クワレクは苦しげにうなずくと、くぐもった声でいった。

「どうして注射なんかするんです？　どうして、わたしをシルタンからひきはなしたのですか、ウェイロン？」あげた目から涙があふれた。

クワレクとシガ星人はエンパスなので、たがいに感情移入しあえる。だからこそ、チームを組ませたのだ。意識を失っていなければ、ふたりは何光年はなれていても、たがいの感情を知覚することができた。

ジャヴィアはエルトルス人の肩に手を置いた。

「しかし、シルタンはもう昏睡からさめたのだろう、オムドゥル？」

クワレクはかぶりを振り、悲しげにジャヴィアを見つめた。

「なにかによって目ざめたのですが、意識があまりにも研ぎすまされて、燃えつきてしまいそうなんです。精神も非常に過敏になっています。わたしは、シルタンが見聞きして感情に置きかえたものを感じ……かれは、わたしが感じたのに気づきました」

「シルタンはなにを見聞きしたのだ？」ジャヴィアはたずねた。

「わかりません」エルトルス人はいった。「わたしはかれの感情を知覚し、そこから思考を推しはかることしかできません。その感情から推して……まぎれもなく感情の嵐でしたが……なにか恐ろしいことが起きたのはまちがいありません」

「なにが？」ロワ・ダントンは叫ぶと、エルトルス人の肩をつかみ、燃えるような目でその顔を見つめた。「《バジス》でなにが起きたのだ、オムドゥル？」

「わかりません、ロワ」クワレクは悄然として答え、すすり泣いた。「わかるのはただ、相棒がおそらく死ぬだろうということだけ。そばにいて気持ちの支えになり、安心して死を迎えさせることもできずに。鎮痛剤のせいでエンパシーが弱まってしまい、わたしにはもうシルタンを感じることができません」

「気の毒なことをした」ジャヴィアはいうと、スペース＝ジェットがいまにもくるはずの北のほうに目をやった。「だが、数分後に飛びたてば、《バジス》でなにが起きているのかがわかる。きみの相棒を助けることもできるだろう」

かれはシフトのほうを振り向いた。

「さ、装備品をとってこよう！　必要になるかもしれない」

＊

ペリー・ローダンはため息をついて、身を起こす……シートはかれの動きにしたがった。プラスティックカバーの下のいたるところに、シート・ポジトロニクスのセンサーがあるからだ。

ハンザ司令部の執務室ドア上部にあるクロノメーターに目をやった。新銀河暦四二五年五月四日になってから、すでに三時間十五分も過ぎている。

本当は、この日がはじまると同時に、無間隔移動によって《バジス》に行くつもりだった。ジェン・サリクの言葉にしたがって。それどころか、きのうが終わる前に行ってもよかった。あるいは、一週間前に。もっとも、それは無意味だったかもしれない。《バジス》はようやくきのうの終わりに、クーラトについたばかりだからだ。

クーラト……！

ローダンは目をこすった。この数時間、もし自分が生まれていなかったら、人類の歴史はどのような経過をたどったのだろうと考えこんでいたのだった。

人類は二十世紀じゅうに星々にいたる道を見つけ、宇宙への軌道を思い描いていただろうか？　べつの人間が自分の立場にあり、はじめての有人月宇宙船長だったとしても、やはりルナでアルコン人の難破船を見つけただろう。だが、その乗員たちも《スターダスト》のメンバーと同じように、クレストとトーラの助けを得たであろうか？

ローダンは唇を結んだ。心底から愛していたトーラのことと、そのあまりにも早い死を思うと、そのつど、肉体的苦痛をおぼえた。かれの人生には、その後も、ほかの女たちがあらわれたが、だれひとりとして、すべてを圧倒するほどの愛をかれのうちに燃えあがらせた者はいなかった。

苦痛はしだいに弱まり、ペリー・ローダンはトーラとともに暮らした日々を思って、ほほえんだ。トーラは自分のものと定められていた気がする。彼女がほかの男をうけいれたかどうか、疑わしく思われた。

ともかく、ほかの宙航士もアルコン人の助けを得たかもしれないが、ローダンのようにゴビ砂漠に着陸せず、用意されていたネヴァダ基地の着陸床に降りたにちがいない。

そうなると、《スターダスト》の月での発見……それは、アメリカ合衆国がソビエト連邦に対して技術的に前代未聞の優越性をもっていることをしめした……を、秘密のままにしておくことは、もはやできなかっただろう。当時、東西の政治家たちは技術問題となると、まず自分側と〝敵側〟の軍事力のことを考えた。この発見はソビエト連邦議会にとっては、国家の安全をおびやかす、きわめて危険なことであったにちがいない。

そうでなくても両陣営は神経過敏になっていたので、戦争は避けがたいものとなったであろう。

悪名高い赤いボタンを最初に押すのが東であろうと西であろうと、当時の人類の文明を消滅させることを意味していたのはまちがいない。原子爆弾および水素爆弾のほかにも、準備のできたコバルト爆弾……コバルトのぶあつい層でおおわれた水素爆弾……が投入されていたことに疑いの余地はないだろう。爆発のさいに出る、強い放射能をもつコバルトの塵の半減期は、五・三年だ。放射性コバルトの雲は地球の大気圏高層および成層圏を長期間めぐり、そのあいだじゅう、地球表面に潰滅的作用をおよぼすガンマ線の雨が降りそそいだかもしれない。

ローダンはハンカチをとりだして額の汗をぬぐった。最後の想像によって、当時の人類の生存がどれほど風前のともしびの状態であったかが、はっきりわかったのだ。

おそらく、原子爆弾による地獄のあと、地球には植生と昆虫類しかのこされていなかったかもしれない。

地上の昆虫類が他を圧するような方法を開発し、その技術と倫理がある水準に達して、人類の現実に役だつような宇宙的意味のある任務を満たすことができるようになっていただろうか？

論理の飛躍がすぎるだろうか？

ペリー・ローダンはかぶりを振った。想像はいくらでもできる。想像できることは可能でもあるのだ。すくなくとも理論的には。

だが幸運にも、当時、多くの人間たちが恐れていたようにはならなかった……そして、いま、宇宙的責任の重さが人類の肩にかかっている。宇宙的使命をうけいれることが可能な精神的成熟の域に達したいまこそ。達成できるかどうかは、またべつの問題だ。

ローダンはドームの地下にある丸天井の部屋で、三つの究極の謎を解くヒントを見つけたいと願っていた。無限アルマダの謎。〃法〃はだれが定め、いかなる働きをもつかという謎。さらに、正体不明のフロストルービンに関する謎。

その答えが見つかれば、人類はよりたやすくコスモクラートたちの期待を満たすことができるかもしれない。だが、見つからなければ……

かれは、たよりなげなしぐさをした。

突然、自分が《バジス》へ行くのを何時間も先のばしにしたわけがわかった。ケスドシャン・ドームの地下でなにも見つけられず、徒手で帰ることになるのを恐れているのだ。

それとも、意識下には、べつの動機がひそんでいるのだろうか？

この思いを振りはらった。運命的な《バジス》行きによって、クーラトとケスドシャン・ドームに行く心がまえもようやくできたのだから。

手をケースの上におろし、ライレのかつての片目を指にはさんだ。

決然として〃目〃を高くあげ、球形部分の輝く光ときらめきをのぞきこみ、目的地に神経を集中した……次の瞬間、ローダンは《バジス》の司令室にいた。

地獄のようなカオスのまっただなかに……

9

「スペース＝ジェットはまだか！」ウェイロン・ジャヴィアはいらいらしながら、北のほうを見やった。

ウネア・ツァヒディはアームバンド通信機のスイッチをいれ、巡洋艦を呼んだ。

メング・ファイシュが応答し、

「出発はいつですか、ウネア？」と、たずねた。

ツァヒディは目を細くした。

「スペース＝ジェットはいつスタートしたのだ、メング？」

ファイシュは目を大きく見開いた。

「まだついていないんですか？　ありえません。十七分前には飛びたったのに」

「それなら、十五分前にはここについているはずだ」ツァヒディは答えた。「だが、ついていない。だから、連絡したのだ」

「理解できません」ファイシュはとまどって、答えた。「すこしお待ちを。テレカムとハイパーカムで呼んでみます。ゴルンド・ジョフレの操縦するSJ＝21です」

「待っている」ツァヒディはいった。

「どうしたのですか？」シリア・オシンスカヤが訊いた。

ウネア・ツァヒディは答えなかった。鼻のつけ根にできた深いしわによって、額がふたつに分かれている。かれはほかのメンバーと同じく、シフトからもってきた装備品パックの上にすわっていた。

ジャヴィアはドームのほうに目をやったが、つねに扉が開かれている正面入口に人影はなかった。だれも姿を見せなかった。エターナツェルはなぜ、自分たちを置きざりにしたのだろう？　あのドーム管理人の存在を好ましく思っているわけではないが。逆に、最初から好感がもてなかった。ただ、すぐには、それを認めようとしなかっただけだ。エターナツェルの言動のなにかが、かれに不快感をあたえていた。

「ウネア！」ファイシュのあわてふためいた声が、アームバンド通信機から響いてきた。

「どうした？」ツァヒディは不安げに答えた。

「SJ＝21が応答しません！」メング・ファイシュは叫んだ。「なにか起きたのでしょうか？　そんな可能性があるのでしょうか？　ゴルンドは最高のパイロットですし、機自体も、いつも、最善の状態で待機しています。故障などありえません」

「もちろんだとも」ツァヒディは小声で答え、問いかけるようにジャヴィアを見つめた。

《バジス》船長がうなずくと、「シフトでそちらに向かう、メング。シフトがエアロックにはいったら、巡洋艦をスタートさせろ！　われわれが司令室につくまで待つことはない！」

「は……はい、了解しました、ウネア」ファイシュはつかえながらいった。「でも、スペース＝ジェットは？」

「望むらくは、あとで探して見つける」ツァヒディは答えた。「まず、《バジス》でなにが起きたのかわかってからだ。ペリー・ローダンがいつなんどきあらわれるか……」

《アイノ・ウワノク》のスタート以来、はじめてかれの額に汗がにじんだ。

ウェイロン・ジャヴィアがインパルス・コード発信機を作動させると、シフトのエアロック外側ハッチが開いた。かれは装備品パックをエアロック室に投げこみ、顔をしかめながら、なかにはいった。室内センサーが呼吸に適した空気を感知したので、外側ハッチが閉まる前に、内側ハッチを開けることができた。それは時間の節約になった。エアロック室に装備品をもった六人がいる余地はなかったからだ。

全員が乗りこんで座席につくまで、口をきく者はひとりもいなかった……ここクーラトと《バジス》での状況の不気味さと脅威を、全員が感じていた。

ジャヴィアはうしろに目をやり、グループの全員がシフトに乗ったことを認め、出発した。ドームのほうに向いて開けている馬蹄形の町をめざして、低空飛行していった。

その方向に、巡洋艦が着陸している宇宙港があるからだ。

しばらくして、ロワ・ダントンがいった。

「ドームの正面入口は、われわれのうしろにあるはずではなかったか、ウェイロン?」

ジャヴィアはスクリーンに目をやり、シフトのうしろにあるものを見た。ドームの輝く丸屋根がはっきりと見えた。周囲にはちいさな付属の建物が集まっている。

だが、正面入口はせまい一部しか見えず……

ジャヴィアはジャイロ・コンパスとコース・ポジトロニクスを調べた。

「まちがいなく、北に向かって飛んでいます」と、確認した。「だとすると、正面入口の全体が見えるはず」

「正面入口の位置が変わったと推定されるのでは?」ウネア・ツァヒディもうしろを見てたずねた。

「この狂った世界では、どんなことも可能だ」レス・ツェロンが述べた。

ツァヒディはうなずき、テレカムのスイッチをいれ、巡洋艦につなぎ、ビーコンを送るよう指示した。メング・ファイシュはただちに送ると約束した。

数秒後、ビーコンがとどき……その発信源はまさしく飛翔方向にあると測定された。

ダントンはため息をついた。

「おそらく幻影を見たのだ。だまされて、まちがった方向に送られているのではないかと、本気で考えていた」

「では、町が移動したのかもしれません」ジャヴィアは考えこむように、「つまり、シフトの機首は、馬蹄のちょうどまんなかを移動しているわけだ」

「ここでは、どんなことも可能だ」ツェロンはぼそぼそつぶやいた。

「同じことをくりかえしているわ、シマリス」シリア・オシンスカヤがいった。

「ウェイロン！」ダントンがかすれ声でいった。

「なんです？」

「巡洋艦が見えるところまで高度をあげてくれ！」

ジャヴィアは笑った。

「ああ、自分でもそれを考えるべきだった！　妙案です！　巡洋艦が見えれば、われわれのとった方向が正しいかどうかがわかるわけだ」

かれはシフトの高度を二百メートル、三百メートル、四百メートルとあげていった。

それから、いらだたしげに目をぬぐった。

「なんてこった！　宇宙港も巡洋艦も見えない！　だが、そんなことは不可能だ。この高度からなら、五十キロメートル先まで見えるのに」

「そうじゃないかと予想していた」ダントンがしずかにいった。「何者かが巧みに操作して、われわれを巡洋艦にもどれないようにしたのだ」

「でも、どうして？」シリアが口をはさんだ。

「《バジス》に飛んでいけないようにするためだ」ウネア・ツァヒディが答えた。「なにか、ただならぬことが起きている！」

かれはテレカムを作動させ、《アイノ・ウワノク》を呼んだ。だが、一様な雑音とはげしい嵐を想起させるような音が強まったり弱まったりするほかには、なにも聞こえてこなかった。

「シフトは宇宙空間でも動ける」ロワ・ダントンはしばらくして、意味ありげにいった。ツァヒディは探知装置を作動させ、巡洋艦と《バジス》を探した。

「ネガティヴ」数分後、簡潔にいった。「巡洋艦も《バジス》も探知できない……惑星じゅうを飛び、ケスドシャン・ドーム上空の周回軌道を何時間も探しまわったとしても、どちらも見つからないでしょう。プラスティックのカップに対して、わたしの金のイヤリングを賭けてもいい」

「あれはクーラトでもない」ジャヴィアはいうと、前方の窓の外を指さした。多くの峡谷と、木々のもつれあった原始林のある風景が見えた。

「でも、あそこにドームがあります！」ツェロンは大声でいうと、後部セクター観察スクリーンをさししめした。

「たぶん、スクリーン上にだけ存在しているのだ」ウェイロン・ジャヴィアは腹だたしげにいった。「すぐに、わかるだろう」

かれはシフトを鋭く右にカーブさせた。峡谷、二、三の白っぽい崖、森におおわれた丘があり、その上に猛火の嵐が見えた。そしてついに、前方の窓からナグダル市がまた見えた。

「まだあそこにある」ロワ・ダントンがいったのは、ドームのことだ。

ジャヴィアはうなずき、燃えるような視線で、明るく輝く巨大な丸屋根を凝視した。

「ええ。こんどは案内人なしで、監視騎士団の聖域に足を踏みいれましょう。われわれの感覚と機器を愚弄(ぐろう)した、このメンタル嵐がなんであれ、出どころを探すのです！」かれは憤激しながら、いいはなった。

＊

ペリー・ローダンは到着した場所に立って、氷の手で心臓をわしづかみにされたように感じながら、せわしなくまたたくスクリーンや制御装置、ヒステリックに叫ぶ男女を眺めた。

だれもかれには気づかなかった。

「ミツェル、助けて！」サンドラ・ブゲアクリスが司令コンソールの制御盤ごしに叫んでいる。髪は乱れ、額には汗が光っていた。センサー・ポイントに触れては、機器の表示を観察している。

技師のミツェルは蒼白な顔で、サンドラのななめうしろに立っていた。

「助けられそうもない」ミツェルはいう。「きみが命令を出すたびに、そのポジトロン・インパルスに先んじたべつのインパルスが重層するのだ」

「巡洋艦と交信できません！」デネイデ・ホルウィコワが自分の持ち場から叫び、脚にしがみついているオリヴァーの髪をなでて、「心配いらないわ、悪童オリー。また連絡はつくから」

「パパを連れてきて！」少年はいった。「あんたたちより、うまくやれるよ」

「ハミラー・チューブのせいだ」ミツェルはいった。「ほかにはありえない。《バジス》を思いのままに動かせるのは、あのポジトロニクスだけだ……まさに、それが起きたんじゃないか」

オリヴァーは怒りをこめて技師を見つめた。

「ハミラーはぜったいに、そんなことはしないよ、ミツェル。あんたはかれのことがわからないから、悪く思っているだけなんだ」

突然、少年は司令室のまんなかに立っているローダンを見て、目を大きく見開いた。

「ペリー・ローダンだ！」驚きの一瞬が過ぎたあと、オリヴァーは叫んだ。「きてくれたんだね！　みんな、ペリー・ローダンが助けてくれるよ。パパと同じくらい優秀だから」

あっという間にしずかになり、全員が不死者を見あげた。とりみだして自暴自棄になっていたかれらのうちに、しだいに希望が芽生えてくるのを、ローダンは目のあたりにした。

すばやく、ベルトにつけたケースに〝目〟を押しもどした。

「ウェイロンはどこだ？」と、かすれ声で訊いた。

「クーラトにいます」サンドラ・ブゲアクリスは報告しながら、髪をととのえようとしたが、うまくいかなかった。「巡洋艦《アイノ・ウワノク》に乗って、十二時間ほど前に《バジス》をはなれました。ご子息も同行されました、ペリー」

「アイノ・ウワノク……」ローダンは考えこみながら、おうむ返しにいった。唇のはしに、うっすらとした微笑が浮かんだ。そのあと、ふたたび真顔になり、

「巡洋艦と交信できないのか？」

「できません」デネイデ・ホルウィコワが答えた。「通信機のスイッチをいれたとたんに、切れてしまいました」

「ハミラーのせいですよ。あの悪魔め！」ミツェルはののしった。

ローダンはアルコン人を気づかわしげに見つめた。

「《バジス》がノルガン・テュアに出発する前、ハミラー・チューブが船の幹部たちの

頭ごしにおこなった独断的制御の可能性は、排除されたものと思っていたが？」

「ぼくがやめさせたんだ、ペリー！」オリヴァーが大声でいった。「ハミラーは友だよ。ぼくだけを、なかにいれてくれたんだ」

ローダンはうなずいた。そのことは知っていたからだ。

「ハミラーとの接触は試みたのか？」

「ひっきりなしに」サンドラは打ちひしがれたように、司令室の主スクリーンに目をやった。「最初のうち、Hの文字だけは出たのですが、そのあとはもう、まったく動きません」

「あんなブリキ箱、こわしてしまえばよかったんです」ミツェルがいった。「不信感はだいぶ薄れましたが、本気で信頼したことは一度もありません。ハミラー・チューブは支離滅裂ですよ、ペリー」

「違う！」オリヴァー・ジャヴィアはわめいた。

ローダンはなだめるように、手をあげて、述べた。

「ペイン・ハミラーはわが友で、きわめて責任感の強い良心的な人間だった。首席テラナーとわたしが、ハミラー・チューブを《バジス》から除去しろという提案をことごとくしりぞけたのは、その理由からでもあったのだ。ペイン・ハミラーがこのチューブを介してわれわれにトロイの木馬を贈ったとは、とうてい思えない」

「なんですか、それは……?」火器管制スタンド奥の成型シートに腰かけていたレオ・デュルクが訊いた。

「大昔の物語だ」ペリー・ローダンは答えた。「伝説によれば、古代ギリシア人はトロイ軍への攻撃が手づまりとなったさい、贈り物として木製の馬をのこした。トロイの者たちが馬を市内に運びいれると、次の夜、馬からギリシアの戦士が出てきて、もどってきた仲間たちのために城門を開けたという。伝説でしかないが、トロイの木馬の話は長いあいだに、だれでも知る話となった」

かれは眉をひそめた。

「探知機はまだ機能しているのかね、サンドラ?」

「はい、ついさっきまでは」ジャヴィアの副長は答えた。「クーラト地表の拡大映像に切りかえます。それでよろしいですか、ペリー?」

ローダンがうなずくと、彼女は映像を切りかえた。探知スクリーン三基が明るくなり、鮮明に拡大されたクーラトの宇宙港と巡洋艦、ナグダル市、ケスドシャン・ドームの輝く巨大な丸屋根がうつしだされた。

「救難信号の自動発信装置は作動させたのか?」ローダンはたずねた。

「うまくいきません」ミツェルは報告した。「しかし、表示によれば、すべてが混乱状態におちいる前に一度、救難信号がひとりでに発信されています」

ローダンは青ざめた。

「たしかなのか？」

「はい、何度もたしかめました」サンドラ・ブゲアクリスはいった。

「それなのに、装置を作動させた者はいないのだな？」ローダンはさらに訊いた。

「だれも」サンドラは述べた。「わたしの知るかぎり」

ローダンは深々と息を吸い、しずかにいった。

「救難信号を発した者がいるとしたら、それはハミラーだけだ」

「しかし、ブリキ箱はなぜ、救難信号を発信しておきながら、そのあとでさしせまった状況をひきおこしたのでしょう？」デュルクはいった。

「それこそが問題の核心だ」ローダンは真剣な口調でいった。「もし、きみたちのだれかがひとりで司令室にいたとして、突然、見知らぬ者があらわれて銃をかまえ、不法なやり方で司令室を悪用しろと無理強いしてきたら、どうするかね？」

「そんなことは、ありえません！」デネイデは憤慨した。

ローダンは苦々しげな微笑をうかべた。

「きみは二十二歳になったばかりで、犯罪というものをはるか昔の時代の報告でしか知らないのだ、デネイデ。だが、こういう犯罪も、それ以外の犯罪も、以前は現実にテラで起きていた……それがいま、より大規模に再現されている。人間によってではなく、セト＝アポフィスのような勢力によって、というところだけは違っているが。ところで、きみたちはまだ、わたしの問いに答えていない。どうだ？」

「ぼくだったら、助けてって叫ぶな」オリヴァーはいった。

「まさか……」サンドラの口から、思わずもれた。

「いや、そのとおりだ」ペリー・ローダンは口もとにきびしい表情を浮かべて、「わたしの考えでは、まさにそれが起きたのだ。だれか、またはなにかが、ハミラー・チューブを襲い、良心に反した行動に出るように無理強いした……ハミラーは危険をきみたちやほかの者たちに知らせようとして、救難信号を送ったのだ」

「ハミラーが親友だってことは、わかってたんだ！」オリヴァーは叫んだ。

「セト＝アポフィスがハミラー・チューブを工作員にしたというのですか、ペリー？」

ミツェルは意気消沈して、いった。

「すべてが、それを物語っている」ローダンは答えた。

「でも、なぜですか？」サンドラは訊いた。

ローダンはケスドシャン・ドームのうつるスクリーンに目を向けた。

「あそこには、監視騎士団の権力中枢がある。セト＝アポフィスがこの権力中枢を抹殺するか、または支配下におこうとすると考えるのが自然ではないか！　セト＝アポフィスはここを最大の脅威だと感じているにちがいない……何十万年も前から。最後の深淵の騎士が死ぬとき、すべての星々は消えさるといわれている。謎めいて聞こえるが、この真相はそこにあるのだ」

かれは声をはりあげた。

「あらたな深淵の騎士が生まれるのを阻止すれば、いつか、最後の騎士は死にたえ……宇宙は破滅すべき運命に向かうことになる」

「では、あなたは即刻、ケスドシャン・ドームに行き、騎士の任命をうけなければなりません」サンドラ・ブゲアクリスはいった。「そうすれば、ジェン・サリクとならんで、不死者である深淵の騎士がふたり生まれることになります」

ペリー・ローダンは目を閉じ、考えた。《バジス》最後の発進と、それによってクーラトに行くことを、自分は何度ためらったことか。

ふたたび目を開けると、そこには謎めいた表情が浮かんでいた。

「一、二時間前なら、そうしたかもしれない」と、小声でいった。「そういう計画だった。だが、いまは、ケスドシャン・ドームへ行って騎士の任命をうけることはできない。ドームがいまなお監視騎士団の権力中枢であると、確信できないうちは」

10

ウェイロン・ジャヴィアはシフトを、ケスドシャン・ドームのひとつしかない大きい正面入口の手前、数メートルのところに着陸させた。

「いったいなぜ、だれも姿を見せないのか？」ロワ・ダントンは、シフトから降りながら、小声で訊いた。「ジェン・サリクの話では、クーラトにはドーム管理人百十六人と式典マスター十六人がいるはず。どこかにいるにちがいない」

「付属建物のなかにいるのかもしれません」ジェヴィアは答え、ドームにくらべると存在しないに等しいほどみすぼらしく見える、多数のちいさな建物をさししめした。

「ドームにはいる前に、あそこを見てまわろう」ダントンは青空を見あげ、唇を結んだ。父はもう《バジス》にきたか、まもなくくるだろう。そこは、どのような状況にあるのだろうか。

「了解です」と、ジャヴィアはいうと、オムドゥル・クワレクに目をやった。「相棒からなにかを感じるか、オムドゥル？」

「なにも、ウェイロン」クワレクはいまにも泣きだしそうに顔をゆがめた。「もう、かれを感じることはないかもしれません」

シリア・オシンスカヤはクワレクの左手に触れた。巨軀をもつエルトルス人の無力な状態に心を揺さぶられたのだ。

「また、なにもかもよくなるわ、オムドゥル。行きましょう、ほかの人たちはもう最初の建物にはいっていくところよ！」

走りさったシリアのあとを、エルトルス人はうなだれながら、歩いて追っていった。ロワ・ダントンが最初に到着した。建物がきわめて古いことはひと目でわかった。どこがそうなのか、正確にはいえなかったが。

かたちは半円形で、ディスク形のチーズを思わせた。しみだらけの角石でできた、高さ四メートルほどの湾曲した壁がそびえていた。窓はない。皿ほどの大きさの、不快なにおいをはなつ花をつけた蔓がうねりながら這いのぼり、たいらな天井の縁で、外に向かって折れまがっていた。

ダントンは建物の周囲の、大部分が苔で埋めつくされているたいらな道をまわっていった。建物の裏側は隔離された印象をあたえる。後壁すれすれに半円形の池が境いをなし、岸には風変わりな植物が生えていた。テラの葦に似ているものもあれば、言葉であらわせないようなものもあった。鏡のように澄みきった水を通して、色とりどりの小石でおおわれた池の底がくっきりと見えた。

「ここは住居にちがいありません」ダントンに追いついたジャヴィアはいった。

「ふむ！」ダントンは応じ、滑らかな後壁に七つある細長い隙間状の〝窓〟から、植物の羽状複葉が垂れているのを眺めた。開口部がある。出入口にちがいない。正方形だが、一辺の長さは八十センチメートルほどしかなく、乾いた海藻に似たカーテンのようなものが、ドアのかわりをつとめていた。

「なかを見てみよう」ロワはいうと、膝までの深さの水に足をおろした。

入口から押しいると、目の前には、建物の外周と同じひろさの部屋がひとつだけあった。直径三十センチメートルほどの透明な天窓がいくつかあり、充分な恒星光がさしこんでくる。風変わりながらも、居間、寝室、キッチンの複合体である。ロワ・ダントンはそのことを、家具調度からはっきり見てとった。

そこに住人がひとりいた。部屋のまんなかで直立し、大きな複眼でロワを見つめている。身長は二メートルほどあり、すこし想像力をはたらかせれば、スズメバチとサンショウウオの交配によって生まれた生物に見えた。だが、ダントンは動物を目のあたりにしているとは、まったく思わなかった。からだにぴったりの水色に輝くコンビネーション、白いブーツ、赤むらさき色のベスト、頭には白い角帽……そのいでたちと、ロボット・キッチンやコンピュータ端末を見れば、高度文明に属する種族であるとわかる。

ダントンは上体をまっすぐにのばし、背後でジャヴィアが入口から忍びよってくる音を聞いた。

「勝手に侵入して、まことに申しわけない」ダントンは丁重にいった。トランスレーターがそれを七強者の言葉に翻訳した。「わたしの名はロワ・ダントン。ペリー・ローダンの先遣隊の一員だ」

それまでこわばっていた複眼に生気がよみがえった。突然の強い輝きに眩惑され、ダントンは目をつぶった。

「たのむ！」ダントンは目の前に手をかざした。「ぜひとも、おたがいに話しあわなければならないのだ。クーラトではなんらかの混乱が生じている。それとも、そちらは、われわれをためそうとしているのか？」

「かれはどこかおかしい」ダントンのそばでジャヴィアがささやいた。「目がもう輝いていません」

ダントンは手をおろし、複眼がすっかりうつろになっているのを見た。

「どうして答えない？」さっきよりも大きい声でたずねた。

生物はすこし声を発したが、トランスレーターはまったく反応をしめさなかった。

「どうやらショックをうけているようだな、ウェイロン」ダントンは確認した。

「こちらにきてください、見つけたものがあります！」入口からシリアの声が響いた。

ダントンとジャヴィアは異生物の部屋をあとにした。池を歩いてわたると、五十メートルほど先で、レス・ツェロンがハチの巣形の家の前に立って手招きしていた。ふたりは急いでツェロンのほうに向かった。

「きてください、これです！」ツェロンは叫ぶと、高さ二メートルのせまい入口から、プラスティック板をはめあわせた高さ九メートルの建物のなかに姿を消した。

ダントンとジャヴィアはあとにつづき、建物の内部にきた。やはりひと部屋しかないが、幅八メートルほどの、らせん形の斜路によって、間接的ながらも仕切られていた。斜路の下のほうで、オムドゥル・クワレクが異人と向きあっていた。マンモスほどの大きさだが、体軀はしなやかで半透明だった。八本の脚は細いが、鋼のように頑丈に見え、まるくたいらな足とつながっていた。楔形をした大樽ほどの頭部には、貨幣大の赤い目が五つあり、先端に漏斗状の開口部をもつ細い触手が八本つきでていた。唯一の衣服は鉛色のカーテンのようなケープだった。

「感じます！」エルトルス人は、ダントンとジャヴィアが突入してくるのを見て、うれしそうに叫んだ。「かれは、わたしと同じ周波をもつ強力なエンパスです！」

「この者はショックをうけているのか、オムドゥル？」ジャヴィアは訊いた。

クワレクはうなずいた。

「ただ、わたしがポジティヴな感情を伝えてからは、それほどでもありません」

「かれにすこし質問したい」ウェイロン・ジャヴィアはいった。「わたしの質問によって、かれのうちにどんな感情が呼びさまされるのか、正確に分析してもらいたい」

「たぶん、かれはあなたにも応えるでしょう」ツェロンはいった。

「そうするには、ショック作用が強すぎます」エルトルス人はいった。「質問を、ウェイロン！」

ジャヴィアはうなずき、異人の目を見つめた。

「あなたはドーム管理人なのか？」

相手は質問が理解できなかったかのようにかれを見据えたが、クワレクはいう。

「同意と恥辱と絶望が感じられます、ウェイロン」

「では、ドーム管理人なんだな」ジャヴィアはいった。「それも、絶望的な状況におかれている」

「それに対して、なんの手も打てないことを恥じているのかもしれません」ウネア・ツァヒディが口をはさんだ。

「そのとおりだ」ジャヴィアはいうと、ふたたび異生物に向かって、「エターナツェルという名のドーム管理人を知っているか？」

異生物は背をかがめ、身をよじった。

オムドゥル・クワレクは狼狽しながら、

「かれはあらたなショックをうけたようです」と、苦しげにいった。「感情が混乱しきっています」

「どう思う?」ジャヴィアはその場にいる人々に訊いた。

「エターナツェルはドーム管理人ではなく、悪の化身でしょう」ツァヒディはいった。

ジャヴィアには、さらにつけくわえたいことがあったが、いうのをやめた。

「いまは、ドームにはいるのが最善だろう。いずれにしても、オムドゥルはこの者からはなれたほうがいい」

＊

「でも、なぜ、わたしはかれの感情がうけとめられるのでしょう?」エルトルス人は訊いた。かれらはケスドシャン・ドームの正面入口に近づきつつあった。「シルタンの感情はまったく感じないのに」

「あのドーム管理人は、特別に強力なエンパスなのだろう」ジャヴィアは答えた。

「それとも、シルタンは死んだのか!」クワレクは絶望して叫んだ。

「いや、わたしはそうは思わない」ジャヴィアはクワレクをなだめた。「ぜったいにあきらめずに、敵の力によるこの不気味なたくらみが、われわれにとって有利になるよう、あらゆることを試みるのだ。そうすれば、きみの相棒も助けることができる」

かれは正面入口について立ちどまり、ドームの輝く内壁を見あげた。

エターナツェルが悪の化身であるとして、敵の力はここでどういう目的を追求しているのだろう。そう疑問に思うと同時に、答えを予想しはじめ、背筋が凍りつくように感じた。

「なにを考えているのですか？」右側に立っていたシリアが訊いた。

「考えないようにしている」ジャヴィアは答え、入口からドームに足を踏みいれた。

唖然として、立ちどまった。

まさか、このような光景とは思いもよらなかった。簡素な木のベンチが二列、入口から奥までを占めている。奥には壇がそびえて、階段へとつづいている。

ウェイロン・ジャヴィアはドームのひろい中央通路の手前に立っていた。通路も、見えるかぎりすべての床と同じくグレイだ。陰気な光がまったく飾りけのない壁を照らしていた。

だが、相対的にものさびしい外見でありながら、崇高さと偉大さを感じはじめた。それは、この場所のまことに奇妙な意味を知っているからこそ、ひきおこされた感情にすぎない。ジャヴィアはそう自分にいってきかせたが、この感情に訴えるオーラのようなものが、居あわせた全員にもとどいているのかどうか、確信がもてなかった。

けたたましい叫びに、物思いを破られた。

目をあげると、オムドゥル・クワレクが中央通路の、かれより五メートルほど前に立っているのが見えた。てのひらをこめかみに押しあてて、上体をリズミカルに揺すっていた。もう叫びはせず、すすり泣いているだけだった。ほかの宙航士たちもあとにつづいた。かれはエジャヴィアはクワレクに駆けよった。ほかの仲間たちもオムドゥルをつかルトルス人の右腕を、ダントンは左腕をつかんだ。ほかの仲間たちもオムドゥルをつかむのが見え……そのあと、ジャヴィアにはなにも見えず、なにも聞こえなくなった。

だが、精神はとてつもない力に揺さぶられて、なにかを感じとった。耳をつんざく悲鳴、たたきつけるような稲妻と雷鳴、大音響をたてて荒れ狂う急流……

クワレクのからだにじかに触れたために、エルトルス人の受容した感情があふれでたのだと、ジャヴィアはおぼろげながら気づいた。恐るべきメンタル嵐がドームで荒れ狂っているようだ。それは見えず聞こえず、エンパスを通じてのみ知覚できる。

四次元連続体が、五次元と並行してではなく、五次元のなかに存在している……

ウェイロン・ジャヴィアはメンタル嵐に直面して度を失う一方で、明晰に思考できるようになっていた。この能力はどうやって生まれたのだろう。

巡洋艦の構造走査機がなにかを測定したというレージャーの報告を思いだした。レージャーが〝五次元連続体のハイパー構造境界層の明滅〟と名づけたものだ。

この宇宙における五次元構造内部の出来ごとが、四次元時空連続体に影響しているのかもしれない。

だが、どのような経緯で？

ジャヴィアはいつのまにか意識を失っていたにちがいない。というのも、次になにかを見たとき、ドーム前の広場にいたからだ……しかも、夜だった。

そばでだれかが大きくうめいている。エルトルス人以外にはありえないだろう。左を向くと、青白い衛星光に照らされたオムドゥル・クワレクの巨軀が見えた。

青白い衛星光……？

ジャヴィアは驚いて跳びあがった。クーラトに衛星はないはず。かれはのけぞり、一面の星空を見あげ……笑った。ケスドシャン・ドームの真上の宇宙空間で輝いている物体は《バジス》でしかありえない。

あわただしくアームバンド通信機のスイッチをいれた。

「応答がないのだ」クワレクの背後の闇から、ダントンの声が聞こえてきた。「すでに試みたが」

ふたたび、エルトルス人はうめき、つかえながらいった。

「目に見えないふたつの力が拮抗し、恐ろしいメンタル嵐を巻きおこしました。シルタンの精神はこの嵐のインパルスに感応したのです。シルタンの感情を通して、両方の力のうちのひとつはセト＝アポフィスと直接に関係があるとわかりました。もうひとつの力は分類できません。知っているようでもあり、そうでないともいえます。でも、セト＝アポフィスの干渉から多少とも逃げようとしています」

クワレクはあえぎ、支えを失ったように倒れた。

ジャヴィアはその上に身をかがめ、脈を調べたあと、眉を吊りあげた。

「死んでいる」ジャヴィアは驚愕しながら認めた。同行者全員がこちらを凝視していた。「ドームに運ぶのだ！　戸外のこんなところに横たわらせておいてはいけない！」

＊

「どれもだめです」《バジス》の格納庫主任メールダウ・サルコがインターカム経由でいった。「格納庫エアロックのどれひとつとして開きません、ペリー」

「では、爆破するのだ、メールダウ！」ペリー・ローダンは要求した。

サルコの顔から、その答えが読めた。だが、ローダンは可能性があるかぎり、弱気に出るつもりはなかった。

「やってみろ！」

「了解しました」インターカム・スクリーンからサルコの姿が消えた。

ローダンは立ちあがってうしろで手を組み、司令室のなかをおちつきなく行きつもどりつした。突然、立ちどまり、主スクリーンに目をやった。

「ペイン！」と、強く訴えるように叫んだ。「抵抗できないのか？　われわれを助けてくれ、ペイン！」ハミラー・チューブへの呼びかけに、司令室の男女が驚愕している。だが、ローダンは動じなかった。「きみの助けが必要なんだ。でなければ、すべてがとりかえしのつかないことになる」

司令室に、突然、長く尾をひくうめき声が聞こえ……やがて、消えた。

ローダンは膝の力がぬけるのを感じた。そばにあるシートを手探りして、すわった。

「だれだったのですか？」驚いたデネイデ・ホルウィコワが訊いた。

「ハミラー！」オリヴァー・ジャヴィアは悲しげに、「ハミラー、行かないで！」

「あれは……ハミラー・チューブだったのですか？」ミツェルがしずかに訊いた。

ローダンは重々しくうなずいた。

「やはり、ブリキ箱にはハミラーの脳がはいっているのですよ」サンドラ・ブゲアクリスは断言した。その手は震えていた。

「それは学術的な問題だ」ローダンは答えた。「結果は同じだが、ポジトロニクスの有機制御部分が合成されたさい、ハミラーのなんらかの特性がプログラミングされたか、それとも、その有機部分がハミラーの脳に由来するかだ。わたし自身はそれを信じていないが」

「終わりました」サルコがあらためてインターカムから伝えてきた。「格納庫エアロックを爆破によって開放しました。《ガヴラ・マーメト》は出発準備ができています」

「スタートさせよ！」ローダンはいった。

数秒間、スクリーンから格納庫主任の姿が消えたが、ふたたびあらわれた……その表情がすべてを物語っていた。

「スタートできません、ペリー。すべての操縦インパルスが重層しています。フィールド・カタパルトを使って《バジス》から出るしかないかもしれません」

「むだだ」ローダンは答えた。「あらたな試みをしても、あらたな失敗に終わるだけだろう」

かれは通信を切った。

「クーラトに行くしかない。《アイノ・ウワノク》はクーラトにいる。それがまだ宇宙ハンザ所有であるのなら、ライレの〝目〟が無間隔移動によって連れていってくれるだろう」

サンドラ・ブゲアクリスは度を失って、かれを見つめた。

「どのようなリスクを負うか、わかっているのですか、ペリー？」

「もちろんだ、サンドラ」ペリー・ローダンは、考えが先行していたので、うわの空でほほえむ。「だが、リスクは避けるようにする。だれかが、または、なにかが、われわれをクーラトから遠ざけようとしている。そのたくらみを妨害しなくてはならない」

ローダンが手をおろすと、〝目〟がみずから進んでくるかのごとく、そのなかに滑りこんだ。幸運を祈りますという声が、はるか彼方からのように聞こえてきたが、それには応えず、全神経を集中した……無間隔移動と、その後に待ちうけているものに。

ローダンは〝目〟の謎めいた輝きと光沢に見いった……

あとがきにかえて

小津　薫

毎年、夏が来ると、夫とともにN町の陶器まつりに出かけた。車道をはさんで向かい合った両側の歩道に、小さな屋台がところ狭しと立ち並び、日本各地から運ばれてきたさまざまな陶器が販売される。眺めているだけでも興味深く、わたしたちにとっては楽しい夏の風物詩だった。最近は規模も縮小気味で、珍しいものを目にすることも減ってしまったのは、ご時世だとはいえ残念な気がする。

気分にまかせて小鉢やお皿などを買い求めることもあったが、ふたまわりほどしたあとで、かならず、ある喫茶店に立ち寄った。ほかの店を探すのが面倒だという気持ちもあったが、それよりも、店の壁に貼られている一枚の大きい写真を見るのが楽しみだった。

アゼ・ル・リドー城。どうしてこの城のこれほど大きい写真がここにあるのだろう。

はじめて目にしたときの衝撃と喜びが思い出される。店主かそれとも常連客のだれかが、この城を気に入っていて、ここに飾っているのだろうか。いきさつを訊いてみようかと思っているうちに時が経ってしまった。むしろ、自分たちだけの楽しみ、秘かな思い出として眺めているほうがいいという気持ちもあった。

そして先日、ヨーロッパ中部が異常な豪雨に見舞われたというニュースが伝えられてくるなかで、裾が水浸しのシャンボール城がTV画面にうつり、驚かされた。アゼ・ル・リドー城もシャンボール城も、いずれも、フランス一の大河、ロワール川の周辺に建つ城である。アゼ・ル・リドー城はその繊細優美な姿の美しさにおいて群を抜き、シャンボール城はスケールの大きさ、壮麗さ、凝った造りにおいて、ロワールの城の代表格だ。この地方を旅したのは、ずっと以前のことではあり、記憶の細部はぼやけているが、あの城、この城と、夢中で見てまわったことを思い出す。

あらかじめ地図でしらべてはおいたが、この川のほとりに、これほど多くの城が建っていることには驚嘆させられた。二十になんなんとする城の大半が、百年戦争が終結した一四五三年から約百六十年間かけてヴァロワ王朝の王たちが築かせたり居住したりした王城であることも感慨深かった。ドイツのように長年、領邦国家でありつづけた国では、その地方を治めていた領主の城が点在しているだけなので、このような壮観はありえない。

すべての城を見尽くしたわけではないが、車での旅だったのでこまわりがきき、主要とされている城の多くは見ることができた。外観の美しさに魅了されるとともに、築城した王たちやその周辺の人物、そして、栄枯盛衰をきわめたその時代に思いを馳せていると、いくら時間があっても足りないほどだった。

興味深いのは、ヴァロア王朝の王たちがイタリアに攻めこんださい（イタリア戦争）、先進国だったイタリアのルネッサンス文化に圧倒されたことだ。シャルル八世はイタリアから大量の工芸品を居城であるロワールのアンボワーズ城に運びこませ、それが、のちの、フランス・ルネッサンスの礎となったとされている。そして、もっとも、ルネッサンスに傾倒し、その影響を強く受けたのは、シャルル八世の孫にあたるフランソワ一世だった。かれは父親のルイ十二世から受け継いだアンボワーズ城を改築して豪華な城に変え、イタリアからレオナルド・ダ・ヴィンチを招いて、近くの館に住まわせた。レオナルドにとっては、ここが終焉の地となった。

フランソワ一世は、このほか、父、ルイ十二世が建てたブロワ城にも手を加えさせた。改修に熱心なかれは自分の好みに固執し、ルネッサンス風の八角形の螺旋階段を、ブロワ城の中央部にはめこませた。ブロワ城は赤い煉瓦と白い石を組み合わせた、見た目に心地よい印象をあたえる美しい城だ。螺旋階段は全体の色調はそろえながらも、個性的なアクセントを形づくっていて見事である。この城には、ルイ十二世、フランソワ一世、アンリ二世、フランソワ二世、シャルル九世、アンリ三世、アンリ四世——と、百年間、七人の王たちが住んでいたことでも知られ、血なまぐさい宗教戦争の舞台ともなった城である。

そして、シャンボール城。ここは、ルネッサンス人、フランソワ一世が心血を注いで建てさせた城で、設計にはレオナルド・ダ・ヴィンチも関わっていたらしい。ロワール川に面し、美しい森を背景にした壮大な城で、幅百五十六メートル、奥行き百十七メートルというスケールの大きさだ。はじめてこの城を目にしたときには、屋根の上に無数の煙突や明かり取りの小塔がにょきにょき突きでている様が、どことなく異様で、奇怪な印象を受けたおぼえがある。

あのとき、売店で記念に買った銀のペンダントは、繊細なレース模様の中央に、フランソワ一世の紋章であるサラマンダー（火トカゲ）が刻まれており、ドイツに帰ってからも、しばしば身につけていたが、あれからもう長い年月が経ち、今、サラマンダーは引き出しのなかで昏々と眠りつづけている。

男性的なこれらの城とちがい、この上なく優美なのが、ロワール川の支流であるシェール川をまたぐ形で建てられたシュノンソー城。ここは、フランソワ一世の愛妾であり、のちに息子アンリ二世の愛妾にもなったディアンヌ・ド・ポワティエの居城だったが、アンリ二世亡きあと、その妻、カトリーヌ・ド・メディシスに追われたディアンヌは、ロワール川を見下ろす丘の上のショーモン城に移ることを余儀なくされた。想像力をかきたてる、歴史上、有名な話だ。そして、これまたロワール川の支流であるアンドル川の中州に建てられたのがアゼ・ル・リドー城。小さいが典雅で、水鏡の美しさはいくら見ても見飽きない。喫茶店の店主が惚れこんだのも当然。わたくし自身も大好きな城だ。日本人好みなのかもしれない。

訪ねた城はまだまだあるが、これ以上、お城の話ばかりしてもキリがない。最後にひとつ、この旅で体験した忘れられない出来事について書いてみたい。

旅の何日目だっただろうか、城から城へと見物をつづけているうちに、いつしか日は傾き、宿探しをしなくてはならなくなった。予約せず、ぶっつけ本番で宿と交渉するのは、いつも、フランス語のできる夫だった。あれは、アンジェの城のあたりだっただろうか、ホテルなどはなく、小さな宿が並び、看板に〈アヴェック・レストラン〉（レストラン付き）または、〈サン・レストラン〉（レストランなし）と書かれている。貧乏旅行のわたしたちは、毎回レストランに入ったりはしなかった。パン、ハム、ソーセージ、果物、惣菜を買って、公園のベンチや車のなかで食べることも多かった。その日は、〈サン・レストラン〉のところがすべて満室だったので、夫は〈アヴェック・レストラン〉の宿で素泊まりさせてもらうよう話をつけ、わたしたちは二階の客室に入って、今まさに旅装を解こうとしていた。すると、階段をミシミシと上がってくる音がし、女主人が一組の客を連れて入ってきた。そして、けわしい顔で、レストラン付きを所望する客が来たので、あんたたちは出ていってくれ、というではないか。先約は先約だと夫は反論したが、女主人は聞く耳をもたず、まくしたてる。それ以上、抗議しても無駄だと悟ったわたしたちは、しぶしぶ、宿を出た。日はとっぷり暮れ、どこで宿泊すればいいのか、途方に暮れていた。

そこへ、感じのよいフランス人の男性が近づいてきて、どうしたのかと訊く。夫がざっと経緯を話すと、男性はいたく同情し、知人に電話をかけて聞いてみるといい、近くの公衆電話から、あちこちに電話をかけて訊いてくれた。だが、結局、泊まるところは見つからなかった。わたしたちは丁寧に礼を述べ、せめて電話代でもと、恐る恐るお金を差しだした。だが、男性は受け取らず、「ジュ・スイ・フランセ」(わたしはフランス人です)といった。かれがどこかの国と比較していったのかどうかは不明だが、この誇りにみちた言葉はその後も、ずっと耳の底で鳴りつづけていた。わたしたちは城下の駐車場に停めた車のなかで一夜を明かした。エンジン性能はいいが居住性の悪い愛車フォルクスワーゲン・ケーファー(ビートル)のなかで。

今、この時のことを思い出すと、モノクロームの古いフランス映画の一シーンとなって目に浮かんでくる。あの意地悪な女主人は、恐れ多い話だが名女優フランソワーズ・ロゼー、そして、低い声で「ジュ・スイ・フランセ」といったあの感じのいい男性は、ルイ・ジューヴェではどうだろう？　いや、ジューヴェでは眼光が鋭すぎる……などと、あれこれ想像してみる。もう忘れてしまった城もあるが、あの小さな出来事は、不思議なほど、今もはっきりと記憶に残っている。

訳者略歴　同志社女子大学英米文学科卒，ミュンヘン大学美術史学科中退，英米文学翻訳家，独文学翻訳家　訳書『ベッチデ人とハンター』マール，『ハミラー・チューブ』グリーゼ＆フランシス（以上早川書房刊）他多数

HM=Hayakawa Mystery
SF=Science Fiction
JA=Japanese Author
NV=Novel
NF=Nonfiction
FT=Fantasy

宇宙英雄ローダン・シリーズ〈527〉

メンタル嵐（あらし）

〈SF2084〉

二〇一六年八月　二十日　印刷
二〇一六年八月二十五日　発行

（定価はカバーに表示してあります）

著　者　ペーター・グリーゼ　H・G・エーヴェルス
訳　者　小津（おづ）薫（かおる）
発行者　早川　浩
発行所　株式会社　早川書房

郵便番号　一〇一‐〇〇四六
東京都千代田区神田多町二ノ二
電話　〇三‐三二五二‐三一一一（大代表）
振替　〇〇一六〇‐三‐四七七九九
http://www.hayakawa-online.co.jp

乱丁・落丁本は小社制作部宛お送り下さい。
送料小社負担にてお取りかえいたします。

印刷・信毎書籍印刷株式会社　製本・株式会社川島製本所
Printed and bound in Japan
ISBN978-4-15-012084-9 C0197